YADAN
U0079219

+文字光碟

史上最讚的韓語速成班

您想開口說韓語嗎？您韓語40音學完了嗎？
您在煩惱韓語40音學完後，
要如何邁入初級韓語的階段嗎？

雅典韓研所◎企編

가장 도움이 되는

가장 도움이 되는 한국어 실

韓文字是由基本母音、基本子音、複合母音、氣音和硬音所構成。

其組合方式有以下幾種：

1.子音加母音，例如：저(我)
2.子音加母音加子音，例如：밤（夜晚）
3.子音加複合母音，例如：위（上）
4.子音加複合母音加子音，例如：관（官）
5.一個子音加母音加兩個子音，如：값（價錢）

簡易拼音使用方式：

1. 為了讓讀者更容易學習發音，本書特別使用「簡易拼音」來取代一般的羅馬拼音。

   規則如下，

   例如：

   그러면 우리 집에서 저녁을 먹자.

   geu.reo.myeon/u.ri/ji.be.seo/jeo.nyeo.geul/meok.jja

   ----------普遍拼音

   geu.ro*.myo*n/u.ri/ji.be.so*/jo*.nyo*.geul/mo*k.jja

   ------------簡易拼音

   那麼，我們在家裡吃晚餐吧！

   文字之間的空格以「/」做區隔。

   不同的句子之間以「//」做區隔。

基本母音：

	韓國拼音	簡易拼音	注音符號
ㅏ	a	a	ㄚ
ㅑ	ya	ya	一ㄚ
ㅓ	eo	o*	ㄛ
ㅕ	yeo	yo*	一ㄛ
ㅗ	o	o	ㄡ
ㅛ	yo	yo	一ㄡ
ㅜ	u	u	ㄨ
ㅠ	yu	yu	一ㄨ
ㅡ	eu	eu	(ㄜ)
ㅣ	i	i	一

特別提示：

1. 韓語母音「ㅡ」的發音和「ㄜ」發音有差異，但嘴型要拉開，牙齒快要咬住的狀態，才發得準。
2. 韓語母音「ㅓ」的嘴型比「ㅗ」還要大，整個嘴巴要張開成「大O」的形狀，
   「ㅗ」的嘴型則較小，整個嘴巴縮小到只有「小o」的嘴型，類似注音「ㄡ」。
3. 韓語母音「ㅕ」的嘴型比「ㅛ」還要大，整個嘴巴要張開成「大O」的形狀，
   類似注音「一ㄛ」，「ㅛ」的嘴型則較小，整個嘴巴縮小到只有「小o」的嘴型，類似注音「一ㄡ」。

基本子音：

	韓國拼音	簡易拼音	注音符號
ㄱ	g,k	k	ㄎ
ㄴ	n	n	ㄋ
ㄷ	d,t	d,t	ㄊ
ㄹ	r,l	l	ㄌ
ㅁ	m	m	ㄇ
ㅂ	b,p	p	ㄆ
ㅅ	s	s	ㄙ,(ㄒ)
ㅇ	ng	ng	不發音
ㅈ	j	j	ㄗ
ㅊ	ch	ch	ㄘ

特別提示：

1. 韓語子音「ㅅ」有時讀作「ㄙ」的音，有時則讀作「ㄒ」的音。「ㄒ」音是跟母音「ㅣ」搭在一塊時，才會出現。
2. 韓語子音「ㅇ」放在前面或上面不發音；放在下面則讀作「ng」的音，像是用鼻音發「嗯」的音。
3. 韓語子音「ㅈ」的發音和注音「ㄗ」類似，但是發音的時候更輕，氣更弱一些。

氣音：

	韓國拼音	簡易拼音	注音符號
ㅋ	k	k	ㄎ
ㅌ	t	t	ㄊ
ㅍ	p	p	ㄆ
ㅎ	h	h	ㄏ

特別提示:

1. 韓語子音「ㅋ」比「ㄱ」的較重，有用到喉頭的音，音調類似國語的四聲。
   ㅋ＝ㄱ＋ㅎ
2. 韓語子音「ㅌ」比「ㄷ」的較重，有用到喉頭的音，音調類似國語的四聲。
   ㅌ＝ㄷ＋ㅎ
3. 韓語子音「ㅍ」比「ㅂ」的較重，有用到喉頭的音，音調類似國語的四聲。
   ㅍ＝ㅂ＋ㅎ

複合母音：

	韓國拼音	簡易拼音	注音符號
ㅐ	ae	e*	ㄝ
ㅒ	yae	ye*	ㄧㄝ
ㅔ	e	e	ㄟ
ㅖ	ye	ye	ㄧㄟ
ㅘ	wa	wa	ㄨㄚ
ㅙ	wae	we*	ㄨㄝ
ㅚ	oe	we	ㄨㄟ
ㅞ	we	we	ㄨㄟ
ㅝ	wo	wo	ㄨㄛ
ㅟ	wi	wi	ㄨㄧ
ㅢ	ui	ui	ㄜㄧ

特別提示：

1. 韓語母音「ㅐ」比「ㅔ」的嘴型大，舌頭的位置比較下面，發音類似「ae」；「ㅔ」的嘴型較小，舌頭的位置在中間，發音類似「e」。不過一般韓國人讀這兩個發音都很像。
2 .韓語母音「ㅒ」比「ㅖ」的嘴型大，舌頭的位置比較下面，發音類似「yae」；「ㅖ」的嘴型較小，舌頭的位置在中間，發音類似「ye」。不過很多韓國人讀這兩個發音都很像。
3. 韓語母音「ㅚ」和「ㅞ」比「ㅙ」的嘴型小些，「ㅙ」的嘴型是圓的；「ㅚ」、「ㅞ」則是一樣的發音。不過很多韓國人讀這三個發音都很像，都是發類似「we」的音。

硬音：

	韓國拼音	簡易拼音	注音符號
ㄲ	kk	g	ㄍ
ㄸ	tt	d	ㄉ
ㅃ	pp	b	ㄅ
ㅆ	ss	ss	ㄙ
ㅉ	jj	jj	ㄗ

特別提示：

1. 韓語子音「ㅆ」比「ㅅ」用喉嚨發重音，音調類似國語的四聲。
2. 韓語子音「ㅉ」比「ㅈ」用喉嚨發重音，音調類似國語的四聲。

*表示嘴型比較大

016 이것이 무엇입니까?
020 這是什麼？

第 1 課

020 應用會話中譯
024 - 이/가 主格助詞
026 - 은/는 補助助詞
028 - (ㅂ)습니다. 敘述型終結語尾
030 - (ㅂ)습니까? 疑問型終結語尾
032 - 입니다. 敘述型終結語尾
034 主語 + 敘述名詞 + 이다
036 이것/그것/저것 這個 / 那個 / 那個
038 - 네/예/아니요 應答詞
040 - N 이/가 아니다 不是N
042 常用代名詞
043 常用縮寫法

044 화장실이 어디에 있습니까?
048 化妝室在哪裡？

第 2 課

048 應用會話中譯
052 主語 + 自動詞
054 主語 + 目的語 + 他動詞
056 主語 + 形容詞
058 N 이/가 있다 在 / 有
060 N 이/가 없다 不在 / 沒有
062 N 에 있다 某地有…
064 N 에 가다 去某地
066 하고 和… / 跟…
068 과/와 和… / 跟…
070 이 / 그 / 저 指示事物
072 여기 / 거기 / 저기 指示場所
074 - 고 싶다 想要…
076 - 도 也
078 - (으)시 敬語
080 - (으)ㄹ까요? 要不要一起…？

082 - (으)ㅂ시다 一起…吧！

084 지금 몇 시입니까?
088 現在幾點？

第3課

088 應用會話中譯
092 - 지 않다 不…
094 - 았 過去型先行語尾
096 - 었 過去型先行語尾
098 - 였 過去型先行語尾
100 - 이었/였 過去型先行語尾
102 時間名詞 + 에 在…時候
104 - 겠 未來型先行語尾
106 - 지요 …吧？
108 數詞 + 量詞
110 韓語固有數詞
111 漢字音數詞

112 이 가방 얼마입니까?
116 這個包包多少錢？

第4課

116 應用會話中譯
120 - (으)십시오. 請您…
122 - 아/어 주다 給…做…
124 - 만 只…
126 - 에서 在…(做)
128 - 의 …的
130 N은/는 얼마입니까? N多少錢？
132 - 고 列舉
134 《ㄹ不規則變化》

136 집에서 학교까지 시간이 얼마나 걸립니까?
140 從家裡到學校要花多久時間？

第 5 課

140 應用會話中譯
144 - (으)로 가다/오다 往…
146 N + (으)로 利用… / 搭乘…
148 - 에서 - 까지 從…到…
150 - 부터 - 까지 從…到…
152 - 아/어서 因為…所以…
154 - (으)니까 因為…所以…
156 《르不規則變化》
158 韓語擬聲詞

160 이 편지를 연미 씨한테 보내 주세요.
164 這封信請交給妍美小姐。

第 6 課

164 應用會話中譯
168 - 아요 尊敬型終結語尾
170 - 어요 尊敬型終結語尾
172 - 여요 尊敬型終結語尾
174 - 예요 / 이에요 尊敬型終結語尾
176 - 에게 / 한테 給… / 向… / 朝…
178 - 아/어서 …然後…
180 - 군요 …啊！ / …耶！
182 - (으)세요 請你(做)…
184 《ㅂ不規則變化》
186 《ㄷ不規則變化》
188 國家 / 首都 / 語言

190 저는 매운 것을 잘 못 먹어요.
194 我不太會吃辣的東西。

第 7 課

194 應用會話中譯

198 - 지 못하다 不能… / 無法…
200 - (으)면 如果…的話…
202 - (으)ㄹ 수 있다 可以… / 會…
204 - (으)ㄴ/는/(으)ㄹ 것 같다 好像…
206 - (으)ㄴ/는데 對立
208 - (으)ㄴ/는데 背景說明
210 - (으)ㄹ 것이다 個人意志
212 - (으)ㄹ 것이다 推測
214 - 기 때문에 因為… / 由於…
216 V + 는 N …的…
218 V + (으)ㄴ N …的…
220 V + (으)ㄹ N …的…
222 形容詞 + (으)ㄴ N …的…
224 《ㅎ不規則變化》
226 星期 / 月份
227 韓國料理

228 가족들이 거실에서 텔레비전을 보고 있어요.
232 家人正在客廳看電視。

第 8 課

232 應用會話中譯
236 - 고 있다 正在…
238 - 에게서 / 한테서 從…
240 - 기 전에 在做…之前
242 - (으)ㄴ 후에 在做…之後
244 - 는 동안 在…的期間
246 - (으)ㄹ 때 做…的時候
248 - (으)려고 하다 打算(做)…
250 - (으)려고 為了…而…

252 올해 그녀와 결혼했으면 좋겠어요.
256 希望今年可以和她結婚。

第 9 課

256 應用會話中譯

260　- 지만　雖然…但是…
262　- 아/어 보다　試著…
264　- (으)러 가다　去…做某事
266　- (이)나　…或…
268　- 기로 하다　我決定(做)…
270　- (으)면 좋겠다　希望… / 我想…
272　時間的劃分
273　顏色

274　중국어를 배우려면 발음부터 배워야 해요.
278　想學中文的話，必須從發音開始學起。

278　應用會話中譯
282　- (으)ㄴ지 N 되다　從…至今…
284　- 아/어야 되다　必須… / 應該要…
286　- (으)려면　想要…的話…
288　- (으)ㄴ 적이 있다　曾經…
290　- (으)ㄹ게요　我來… / 我會…
292　- 보다　…比…

294　여기서 가장 가까운 역에 어떻게 가나요?
298　離這裡最近的地鐵站要怎麼去？

第11課

298　應用會話中譯
302　- 아/어도 되다　可以…
304　- (으)면 안 되다　不能… / 禁止…
306　- (으)면서　一邊…一邊…
308　- (으)ㄹ 줄 알다　會… / 能夠…
310　- 기 위해(서)　為了…
312　- 자마자　一…就…
314　- 나요? / - (으)ㄴ가요?　…嗎？ / …呢？

詞性簡稱說明

名詞	**【名】**
形容詞	**【形】**
動詞	**【動】**
副詞	**【副】**
依存名詞	**【依】**

又稱為「不完全名詞」，依存名詞在句子中不能單獨使用，必須與另一個修飾它的詞語，一同表示某種意思。

慣用語	**【慣】**
數詞	**【數】**
代名詞	**【代】**
冠形詞	**【冠】**
地名	**【地】**
詞組	**【詞組】**

由兩個以上的詞彙所組成的常用句

接尾辭	**【接】**

指無法單獨表示意思，只能接在名詞後方表示整體意思的詞彙。

제 1 과

이것이 무엇입니까?

i.go*.si/mu.o*.sim.ni.ga

응용회화1

A : 준수 씨, 안녕하세요?

jun.su/ssi//an.nyo*ng.ha.se.yo

B : 네, 안녕하세요?

ne//an.nyo*ng.ha.se.yo

응용회화2

A : 선생님, 안녕하십니까?

so*n.se*ng.nim//an.nyo*ng.ha.sim.ni.ga

B : 여러분, 안녕하세요.

yo*.ro*.bun//an.nyo*ng.ha.se.yo

응용회화3

A : 미연 씨, 만나서 반갑습니다.

mi.yo*n/ssi//man.na.so*/ban.gap.sseum.ni.da

B : 네, 만나서 반갑습니다.

ne//man.na.so*/ban.gap.sseum.ni.da

응용회화4

A : 이름이 무엇입니까?

i.reu.mi/mu.o*.sim.ni.ga

B : 김영수입니다.

gi.myo*ng.su.im.ni.da

응용회화5

A : 처음 뵙겠습니다. 저는 한채영입니다.

cho*.eum/bwep.get.sseum.ni.da//jo*.neun/han.che*.yo*ng.im.ni.da

B : 저는 최영미입니다. 만나서 반갑습니다.

jo*.neun/chwe.yo*ng.mi.im.ni.da//man.na.so*/ban.gap.sseum.ni.da

응용회화6

A : 한국 사람입니까?

han.guk/sa.ra.mim.ni.ga

B : 예, 한국 사람입니다.

ye//han.guk/sa.ra.mim.ni.da

응용회화7

A : 일본 사람입니까?

il.bon/sa.ra.mim.ni.ga

B : 아니요, 대만 사람입니다.

a.ni.yo//de*.man/sa.ra.mim.ni.da

응용회화8

A：누구입니까?

nu.gu.im.ni.ga

B：친구입니다.

chin.gu.im.ni.da

응용회화9

A：무엇입니까?

mu.o*.sim.ni.ga

B：창문입니다.

chang.mu.nim.ni.da

응용회화10

A：그녀가 아르바이트생입니까?

geu.nyo*.ga/a.reu.ba.i.teu.se*ng.im.ni.ga

B：네, 아르바이트생입니다.

ne//a.reu.ba.i.teu.se*ng.im.ni.da

응용회화11

A：이것이 무엇입니까?

i.go*.si/mu.o*.sim.ni.ga

B：그것이 펜입니다.

geu.go*.si/pe.nim.ni.da

응용회화12

010

A : 그것이 무엇입니까?

geu.go*.si/mu.o*.sim.ni.ga

B : 책입니다.

che*.gim.ni.da

응용회화13

A : 안녕히 가세요.

an.nyo*ng.hi/ga.se.yo

B : 네, 안녕히 계세요.

ne//an.nyo*ng.hi/gye.se.yo

응용회화14

A : 안녕히 주무세요.

an.nyo*ng.hi/ju.mu.se.yo

B : 그래, 너도 잘 자.

geu.re*//no*.do/jal/jja

응용회화15

A : 죄송합니다.

jwe.song.ham.ni.da

B : 괜찮습니다.

gwe*n.chan.sseum.ni.da

011

第1課

這是什麼？

應用會話一

A：俊秀，你好嗎？

B：很好，你好嗎？

應用會話二

A：老師，您好嗎？

B：各位，大家好。

應用會話三

A：美妍，很高興見到你。

B：我也很高興見到你。

單字

- 씨	【接尾】	ssi	先生／小姐(接在人名後方，表示尊敬)
안녕하다	【形】	an.nyo*ng.ha.da	安好／平安
선생님	【名】	so*n.se*ng.nim	老師
여러분	【代】	yo*.ro*.bun	各位／大家

應用會話四

A：您的名字是？

B：我是金英秀。

應用會話五

A：初次見面，我是韓彩英。

B：我是崔英美。很高興見到你。

應用會話六

A：你是韓國人嗎？

B：是的，我是韓國人。

應用會話七

A：你是日本人嗎？

B：不，我是台灣人。

單字			
이름	【名】	i.reum	名字
무엇	【代】	mu.o*t	什麼
처음	【副】	cho*.eum	初次／第一次
만나다	【動】	man.na.da	見面／相遇
반갑다	【形】	ban.gap.da	高興
한국	【名】	han.guk	韓國
일본	【名】	il.bon	日本

應用會話八

A：是誰？

B：是朋友。

應用會話九

A：是什麼？

B：是窗戶。

應用會話十

A：她是工讀生嗎？

B：是的，是工讀生。

應用會話十一

A：這是什麼？

B：那個是筆。

單字	
누구	【代】nu.gu　誰
그녀	【代】geu.nyo*　她／那個女人
아르바이트생	【名】a.reu.ba.i.teu.se*ng　工讀生
펜	【名】pen　筆

應用會話十二

A：那是什麼？
B：是書。

應用會話十三

A：再見。(向要離開的人說)
B：好的，再見。(向留在原地的人說)

應用會話十四

A：晚安。
B：好，你也晚安。

應用會話十五

A：對不起。
B：沒關係。

單字			
안녕히	【副】	an.nyo*ng.hi	安好地／平安地
주무시다	【動】	ju.mu.si.da	睡覺(자다的敬語)
너	【代】	no*	你
잘	【副】	jal	好好地
자다	【動】	ja.da	睡覺
죄송하다	【形】	jwe.song.ha.da	對不起
괜찮다	【形】	we*n.chan.ta	沒關係／不錯／可以

－이/가 主格助詞

語法説明

1 為主格助詞，加在名詞後方，表示前方的名詞為句子的主語。
2 如果該名詞以母音結束，就接가；如果名詞以子音結束，則接이。
3 若接在「아니다」的前方，則表示否定的對象。
4 若接在「되다」的前方，則表示變化的對象。

應用句

1 이것이 책입니까?
i.go*.si/che*.gim.ni.ga

2 그것이 치마입니까?
geu.go*.si/chi.ma.im.ni.ga

3 그가 학생입니까?
geu.ga/hak.sse*ng.im.ni.ga

4 눈이 옵니다.
nu.ni/om.ni.da

5 남자가 많습니다.
nam.ja.ga/man.sseum.ni.da

6 친구는 화가가 되었습니다.
chin.gu.neun/hwa.ga.ga/dwe.o*t.sseum.ni.da

中譯

1 這是書嗎？
2 那是裙子嗎？
3 他是學生嗎？
4 下雪。
5 男生多。
6 朋友成為畫家了。

單字

책	【名】	che*k	書
치마	【名】	chi.ma	裙子
학생	【名】	hak.sse*ng	學生
눈	【名】	nun	雪
남자	【名】	nam.ja	男生
화가	【名】	hwa.ga	畫家

－은/는 補助助詞

語法說明

1 為補助助詞，可以接在名詞、助詞、連接語尾後方。
2 若은/는接在名詞後方時，表示句子的主題或闡述的對象。
3 若은/는接在名詞、助詞、連接語尾之後，表示「對照」或「強調」的意思。
4 當名詞或語尾以母音結束就接는，當名詞或語尾以子音結束則接은。

例如：오빠(哥哥)＋는→오빠는
형(哥哥)＋은→형은

應用句

1 저는 진미영입니다.
jo*.neun/jin.mi.yo*ng.im.ni.da

2 오빠는 경찰관입니다.
o.ba.neun/gyo*ng.chal.gwa.nim.ni.da

3 여기는 교실입니다.
yo*.gi.neun/gyo.si.rim.ni.da

4 이분은 한 선생님입니다.
i.bu.neun/han/so*n.se*ng.ni.mim.ni.da

5 저분은 부장님입니다.

jo*.bu.neun/bu.jang.ni.mim.ni.da

6 왕소명은 중국 사람입니다.

wang.so.myo*ng.eun/jung.guk/sa.ra.mim.ni.da

中譯

1 我是陳美英。

2 哥哥是警察。

3 這裡是教室。

4 這位是韓老師。

5 那位是部長。

6 王小明是中國人。

單字

오빠	【名】o.ba	哥哥(妹妹稱呼哥哥)
경찰관	【名】gyo*ng.chal.gwan	警察
여기	【名】yo*.gi	這裡
교실	【名】gyo.sil	教室
부장님	【名】bu.jang.nim	部長
중국	【名】jung.guk	中國
사람	【名】sa.ram	人

017

-(ㅂ)습니다. 敍述型終結語尾

語法說明

❶ 為敍述型終結語尾，接在動詞、形容詞或敘述格助詞이다的語幹後方。

❷ 此為相當正式的敬語用法，為「格式體尊敬形」。使用在正式的場合上，例如演講、開會、播報新聞、生意場合，以及和長輩談話等。

❸ 當語幹的末音節為母音時，就使用「ㅂ니다」；當語幹的末音節為子音時，則使用「습니다」。

例如：가다(去)＋ㅂ니다→갑니다.
듣다(聽)＋습니다→듣습니다.

應用句

1 있습니다.
it.sseum.ni.da

2 멋있습니다.
mo*.sit.sseum.ni.da

3 예쁩니다.
ye.beum.ni.da

4 갑니다.
gam.ni.da

5 읽습니다.
ik.sseum.ni.da

6 먹습니다.
mo*k.sseum.ni.da

中譯

1 有／在。
2 帥氣。
3 漂亮。
4 去。
5 讀。
6 吃。

單字

있다	【形】	it.da	有／在
멋있다	【形】	mo*.sit.da	帥／好看
예쁘다	【形】	ye.beu.da	漂亮
가다	【動】	ga.da	去
읽다	【動】	ik.da	讀／念
먹다	【動】	mo*k.da	吃

－(ㅂ)습니까? 疑問型終結語尾

語法說明

❶ 為疑問型終結語尾，接在動詞、形容詞或敍述格助詞이다的語幹後方。

❷ 使用在疑問句上，用來向聽話者提出疑問；此為正式的敬語用法，為「格式體尊敬形」。

❸ 當語幹的末音節為母音時，就使用「ㅂ니까?」，若為子音時，則使用「습니까?」。

例如：예쁘다（漂亮）＋ㅂ니까→예쁩니까?（漂亮嗎？）

아름답다（美麗）＋습니까→아름답습니까?（美麗嗎？）

應用句

1 없습니까?

o*p.sseum.ni.ga

2 귀엽습니까?

gwi.yo*p.sseum.ni.ga

3 바쁩니까?

ba.beum.ni.ga

4 옵니까?

om.ni.ga

5 듣습니까?
deut.sseum.ni.ga

6 봅니까?
bom.ni.ga

中譯

1 沒有嗎？／不在嗎？
2 可愛嗎？
3 忙嗎？
4 來嗎？
5 聽嗎？
6 看嗎？

單字

없다	【形】	o*p.da	沒有／不在
귀엽다	【形】	gwi.yo*p.da	可愛
바쁘다	【形】	ba.beu.da	忙碌
오다	【動】	o.da	來
듣다	【動】	deut.da	聽
보다	【動】	bo.da	看

-입니다. 敍述型終結語尾

語法説明

❶「이다」為敍述格助詞，接在名詞後方，用來表示或指定某一事物。

❷ 이다相當於中文的「是」。

❸ 敍述型終結語尾「(ㅂ)습니다」和敍述格助詞「이다」結合後，會成為「-입니다」的型態。

❹ 疑問型終結語尾「(ㅂ)습니까?」和敍述格助詞「이다」結合後，會成為「-입니까?」的型態。

應用句

1 연필입니다.
yo*n.pi.rim.ni.da

2 지우개입니다.
ji.u.ge*.im.ni.da

3 여자입니다.
yo*.ja.im.ni.da

4 어머님입니까?
o*.mo*.ni.mim.ni.ga

5 동생입니까?

dong.se*ng.im.ni.ga

6 돈입니까?

do.nim.ni.ga

中譯

1 是鉛筆。

2 是橡皮擦。

3 是女生。

4 是媽媽嗎？

5 是弟弟嗎？／是妹妹嗎？

6 是錢嗎？

單字

연필	【名】	yo*n.pil	鉛筆
지우개	【名】	ji.u.ge*	橡皮擦
여자	【名】	yo*.ja	女生
어머님	【名】	o*.mo*.nim	媽媽
동생	【名】	dong.se*ng	弟弟／妹妹
돈	【名】	don	錢

主語＋敍述名詞＋이다

語法説明

❶ 是韓語基本結構之一，其詳細的組成成份為「主語＋敍述名詞＋이다」。
❷ 即「主語N＋이/가(은/는)＋敍述N＋이다」，用來指定或斷定主語。
❸ 例如，「英熙是歌手」韓語可以説成「영희는 가수입니다.」，其中「가수 歌手」為敍述名詞。

應用句

1 어머니는 가정주부입니다.
o*.mo*.ni.neun/ga.jo*ng.ju.bu.im.ni.da

2 할아버지는 농부입니다.
ha.ra.bo*.ji.neun/nong.bu.im.ni.da

3 이것은 철입니다.
i.go*.seun/cho*.rim.ni.da

4 그 사람이 내 삼촌입니다.
geu/sa.ra.mi/ne*/sam.cho.nim.ni.da

5 그건 무슨 동물입니까?

geu.go*n/mu.seun/dong.mu.rim.ni.ga

6 그녀는 어떤 사람입니까?

geu.nyo*.neun/o*.do*n/sa.ra.mim.ni.ga

中譯

1 媽媽是家庭主婦。

2 爺爺是農夫。

3 這是鐵。

4 那個人是我叔叔。

5 那是什麼動物？

6 她是什麼樣的人？

單字

가정주부	【名】	ga.jo*ng.ju.bu	家庭主婦
농부	【名】	nong.bu	農夫
철	【名】	cho*l	鐵
삼촌	【名】	sam.chon	叔叔／叔父
무슨	【冠】	mu.seun	什麼的
동물	【名】	dong.mul	動物
어떤 사람	【詞組】	o*.do*n/sa.ram	什麼樣的人／某個人

이것／그것／저것 這個／那個／那個

語法說明

❶ 이것(這個)為代名詞，通常表示該事物，離談話者近。

❷ 그것(那個)為代名詞，通常表示該事物，離聽話者近，離談話者遠，或雙方都心裡知道的事物。

❸ 저것(那個)為代名詞，通常表示該事物，離聽話者和談話者都遠。

應用句

1 그것이 공책입니까?

geu.go*.si/gong.che*.gim.ni.ga

2 이것이 빵입니까?

i.go*.si/bang.im.ni.ga

3 저것이 시계입니다.

jo*.go*.si/si.gye.im.ni.da

4 그것이 소설책입니다.

geu.go*.si/so.so*l.che*.gim.ni.da

5 이것이 핸드폰입니다.

i.go*.si/he*n.deu.po.nim.ni.da

6 저것이 간판입니까?

jo*.go*.si/gan.pa.nim.ni.ga

中譯

1 那是筆記本嗎？

2 這是麵包嗎？

3 那是時鐘。

4 那是小說。

5 這是手機。

6 那是招牌嗎？

單字

공책	【名】	gong.che*k	筆記本
빵	【名】	bang	麵包
시계	【名】	si.gye	時鐘／手錶
소설책	【名】	so.so*l.che*k	小說
핸드폰	【名】	he*n.deu.pon	手機
간판	【名】	gan.pan	招牌

－네／예／아니요 應答詞

語法說明

❶「네／예」為敬語應答詞，相當於中文的「是的／對／好的」。
❷「아니요」為否定形應答詞，相當於中文的「不／沒有／不是」。
❸ 아니요也可以縮短念成「아뇨」。

應用句

1 네, 알겠습니다.
ne//al.get.sseum.ni.da

2 예, 좁니다.
ye//jo*m.ni.da

3 예, 맞습니다.
ye//mat.sseum.ni.da

4 네, 있습니다.
ne//it.sseum.ni.da

5 아니요, 없습니다.
a.ni.yo//o*p.sseum.ni.da

6 아뇨, 틀립니다.
a.nyo//teul.lim.ni.da

中譯

1 好的，我了解了。
2 是的，就是我。
3 對，沒錯。
4 是的，有。／是的，在。
5 不，沒有。／不，不在。
6 不，錯了。

單字

알다	【動】	al.da	知道／了解
저	【代】	jo*	我（나的謙讓語）
맞다	【動】	mat.da	正確
있다	【形】	it.da	有／在
없다	【形】	o*p.da	沒有／不在
틀리다	【動】	teul.li.da	錯誤／不對

－N이/가 아니다 不是N

語法說明

❶ 아니다為이다(是)的否定形，相當於中文的「不是」。
❷ 接在體言(名詞、數詞、代名詞)後方，其基本型態為「－N 이/가 아니다」。
❸ 當名詞以母音結束，使用「－가 아니다」，當名詞以子音結束，則使用「－이 아니다」。

例如：국수(麵)＋가 아니다→국수가 아니다.(不是麵)
밥(飯)＋이 아니다→밥이 아니다.(不是飯)

應用句

1 이것은 지갑이 아닙니까?
i.go*.seun/ji.ga.bi/a.nim.ni.ga

2 그건 문이 아닙니다.
geu.go*n/mu.ni/a.nim.ni.da

3 이건 교과서가 아닙니다.
i.go*n/gyo.gwa.so*.ga/a.nim.ni.da

4 그는 아이가 아닙니다.
geu.neun/a.i.ga/a.nim.ni.da

5 저는 배우가 아닙니다.
jo*.neun/be*.u.ga/a.nim.ni.da

6 당신은 직원이 아닙니까?
dang.si.neun/ji.gwo.ni/a.nim.ni.ga

中譯

1 這不是皮夾嗎？
2 那不是門。
3 這不是教科書。
4 他不是小孩。
5 我不是演員。
6 你不是職員嗎？

單字

지갑	【名】	ji.gap	皮夾／錢包
문	【名】	ji.gap	門
교과서	【名】	gyo.gwa.so*	教科書
아이	【名】	a.i	小孩子
배우	【名】	be*.u	演員
당신	【代】	dang.sin	您
직원	【名】	ji.gwon	職員／員工

常用代名詞

	近稱	中稱	遠稱	未知稱
指示代名詞	이 i 這	그 geu 那	저 jo* 那	어느 o*.neu 哪
人	이 사람 i/sa.ram 這個人	그 사람 geu/sa.ram 那個人	저 사람 jo*/sa.ram 那個人	누구 nu.gu 誰
人	이 분 i/bun 這位	그 분 geu/bun 那位	저 분 jo*/bun 那位	누구 nu.gu 誰
事物	이것 i.go*t 這個	그것 geu.go*t 那個	저것 jo*.go*t 那個	무엇 mu.o*t 什麼
時間	이 때 i/de* 這時	그 때 geu/de* 那時	저 때 jo*/de* 那時	언제 o*n.je 何時
場所	이곳 i.got 這地方	그곳 geu.got 那地方	저곳 jo*.got 那地方	어디 o*.di 哪裡
地方	여기 yo*.gi 這裡	거기 go*.gi 那裡	저기 jo*.gi 那裡	어디 o*.di 哪裡
方向	이쪽 i.jjok 這邊	그쪽 geu.jjok 那邊	저쪽 jo*.jjok 那邊	어느 쪽 o*.neu/jjok 哪邊

常用縮寫法

	이/가 主格助詞	은/는 補助助詞	을/를 目的格助詞	의 所有格(的)
나 我	내가 ne*.ga	난 nan	날 nal	내 ne*
저 我(謙語)	제가 je.ga	전 jo*n	절 jo*l	제 je
너 你	네가 ni.ga	넌 no*n	널 no*l	네 ni
우리 我們	우리가 u.ri.ga	우린 u.rin	우릴 u.ril	우리의 u.ri.e
저희 我們(謙語)	저희가 jo*.hi.ga	저흰 jo*.hin	저힐 jo*.hil	저희의 jo*.hi.e
이것 這個	이게 i.ge	이건 i.go*n	이걸 i.go*l	이것의 i.go*.se
그것 那個(中稱)	그게 geu.ge	그건 geu.go*n	그걸 geu.go*l	그것의 geu.go*.se
저것 那個(遠稱)	저게 jo*.ge	저건 jo*.go*n	저걸 jo*.go*l	저것의 jo*.go*.se
여기 這裡	여기가 yo*.gi.ga	여긴 yo*.gin	여길 yo*.gil	여기의 yo*.gi.e
거기 那裡(中稱)	거기가 go*.gi.ga	거긴 go*.gin	거길 go*.gil	거기의 go*.gi.e
저기 那裡(遠稱)	저기가 jo*.gi.ga	저긴 jo*.gin	저길 jo*.gil	저기의 jo*.gi.e

제 2 과

화장실이 어디에 있습니까?

hwa.jang.si.ri/o*.di.e/it.sseum.ni.ga

응용회화1

A：녹차가 있습니까?

nok.cha.ga/it.sseum.ni.ga

B：아니요. 녹차가 없습니다.

a.ni.yo//nok.cha.ga/o*p.sseum.ni.da

응용회화2

A：서점이 어디에 있습니까?

so*.jo*.mi/o*.di.e/it.sseum.ni.ga

B：저 앞에 있습니다.

jo*/a.pe/it.sseum.ni.da

응용회화3

A：공원이 어디에 있습니까?

gong.wo.ni/o*.di.e/it.sseum.ni.ga

B：저기에 있습니다.

jo*.gi.e/it.sseum.ni.da

응용회화4

A：숟가락하고 젓가락은 어디에 있습니까?

sut.ga.ra.ka.go/jo*t.ga.ra.geun/o*.di.e/it.sseum.ni.ga

B：부엌에 있습니다.

bu.o*.ke/it.sseum.ni.da

응용회화5

A：무엇을 삽니까?

mu.o*.seul/ssam.ni.ga

B：옷과 바지를 삽니다.

ot.gwa/ba.ji.reul/ssam.ni.da

응용회화6

A：무엇을 먹습니까?

mu.o*.seul/mo*k.sseum.ni.ga

B：우유와 빵을 먹습니다.

u.yu.wa/bang.eul/mo*k.sseum.ni.da

응용회화7

A：무엇을 공부합니까?

mu.o*.seul/gong.bu.ham.ni.ga

B：한국어를 공부합니다.

han.gu.go*.reul/gong.bu.ham.ni.da

응용회화8

A：누가 갑니까?

nu.ga/gam.ni.ga

B：선생님이 가십니다.

so*n.se*ng.ni.mi/ga.sim.ni.da

응용회화9

A：무엇을 합니까?

mu.o*.seul/ham.ni.ga

B：영화를 봅니다.

yo*ng.hwa.reul/bom.ni.da

응용회화10

A：과자가 많습니다.

gwa.ja.ga/man.sseum.ni.da

B：사탕도 많습니다.

sa.tang.do/man.sseum.ni.da

응용회화11

A：이제 갈까요?

i.je/gal.ga.yo

B：좋습니다. 갑시다.

jo.sseum.ni.da//gap.ssi.da

응용회화12

A : 어디에 갑니까?

o*.di.e/gam.ni.ga

B : 학교에 갑니다.

hak.gyo.e/gam.ni.da

응용회화13

A : 날씨가 어떻습니까?

nal.ssi.ga/o*.do*.sseum.ni.ga

B : 날씨가 좋습니다.

nal.ssi.ga/jo.sseum.ni.da

응용회화14

A : 무엇을 배웁니까?

mu.o*.seul/be*.um.ni.ga

B : 영어를 배웁니다.

yo*ng.o*.reul/be*.um.ni.da

A : 저도 영어를 배우고 싶습니다.

jo*.do/yo*ng.o*.reul/be*.u.go/sip.sseum.ni.da

B : 그럼 같이 배웁시다.

geu.ro*m/ga.chi/be*.up.ssi.da

A : 좋습니다.

jo.sseum.ni.da

第2課

化妝室在哪裡？

應用會話一

A：有綠茶嗎？

B：不，沒有綠茶。

應用會話二

A：書店在哪裡？

B：在那前面。

應用會話三

A：公園在哪裡？

B：在那裡。

單字			
화장실	【名】	hwa.jang.sil	化妝室／廁所
어디	【代】	o*.di	哪裡
녹차	【名】	nok.cha	綠茶
서점	【名】	so*.jo*m	書店
앞	【名】	ap	前面／前方
공원	【名】	gong.won	公園

應用會話四

A：湯匙和筷子在哪裡？

B：在廚房。

應用會話五

A：買什麼？

B：買衣服和褲子。

應用會話六

A：吃什麼？

B：吃牛奶和麵包。

應用會話七

A：讀什麼？

B：讀韓國語。

單字		
숟가락	【名】sut.ga.rak	湯匙
젓가락	【名】jo*t.ga.rak	筷子
부엌	【名】bu.o*k	廚房
옷	【名】ot	衣服
바지	【名】ba.ji	褲子
사다	【動】sa.da	買
공부하다	【動】gong.bu.ha.da	念書／學習

應用會話八

A：誰去？

B：老師去。

應用會話九

A：做什麼？

B：看電影。

應用會話十

A：餅乾很多。

B：糖果也很多。

應用會話十一

A：現在要走了嗎？

B：好，走吧。

單字			
무엇	【代】	mu.o*t	什麼
영화	【名】	yo*ng.hwa	電影
보다	【動】	bo.da	看
과자	【名】	gwa.ja	餅乾／點心
많다	【形】	man.ta	多
사탕	【名】	sa.tang	糖果／砂糖
이제	【副】	i.je	現在
좋다	【形】	jo.ta	好／喜歡

應用會話十二

A：你去哪裡？

B：去學校。

應用會話十三

A：天氣如何？

B：天氣很好。

應用會話十四

A：學什麼？

B：學英語。

A：我也想學英語。

B：那一起學吧。

A：好啊！

單字			
날씨	【名】	nal.ssi	天氣
어떻다	【形】	o*.do*.ta	如何
배우다	【動】	be*.u.da	學習
영어	【名】	yo*ng.o*	英語
그럼	【副】	geu.ro*m	那麼
같이	【副】	ga.chi	一起／一同

主語＋自動詞

語法説明

❶ 是韓語基本結構之一，其詳細的組成成份為「主語＋主格助詞＋自動詞」。

❷「自動詞」指由自己(主語)進行該動作的動詞，前面不需要加上表示動作對象的受詞；例如，「가다 去」、「뛰다 跑」、「울다 哭」等。

❸ 由一個主語、一個動詞，即可完成一個完整的句子；例如，「학생이 옵니다. 學生來」。

應用句

1 토끼가 뜁니다.
to.gi.ga/dwim.ni.da

2 아이가 웃습니다.
a.i.ga/ut.sseum.ni.da

3 김용준 씨가 갑니다.
gi.myong.jun/ssi.ga/gam.ni.da

4 기차가 달립니다.
gi.cha.ga/dal.lim.ni.da

5 수업이 끝납니다.
su.o*.bi/geun.nam.ni.da

6 영화가 시작됩니다.
yo*ng.hwa.ga/si.jak.dwem.ni.da

中譯

1 兔子跳。
2 小孩笑。
3 金勇俊去。
4 火車奔馳。
5 課程結束。
6 電影開始。

單字

토끼	【名】	to.gi	兔子
웃다	【動】	ut.da	笑
기차	【名】	gi.cha	火車
달리다	【動】	dal.li.da	跑／奔馳
수업	【名】	su.o*p	課程／上課
끝나다	【動】	geun.na.da	結束
시작되다	【動】	si.jak.dwe.da	開始

035

主語＋目的語＋他動詞

語法説明

❶ 是韓語基本結構之一，其詳細的組成成份為「主語＋主格助詞＋受詞名詞＋受格助詞＋他動詞」。

❷ 即「主語Ｎ＋이/가＋受格Ｎ＋을/를＋他動詞」。

❸「他動詞」指動詞前方要加上表示動作對象的受詞，意思才完整；例如，「**일을 하다** 做工作」、「**음악을 듣다** 聽音樂」、「**밥을 먹다** 吃飯」等。

應用句

1 미연이가 드라마를 봅니다.
mi.yo*.ni.ga/deu.ra.ma.reul/bom.ni.da

2 어머니가 요리를 합니다.
o*.mo*.ni.ga/yo.ri.reul/ham.ni.da

3 아버지가 신문을 읽습니다.
a.bo*.ji.ga/sin.mu.neul/ik.sseum.ni.da

4 동생이 숙제를 씁니다.
dong.se*ng.i/suk.jje.reul/sseum.ni.da

5 누나가 시험을 봅니다.

nu.na.ga/si.ho*.meul/bom.ni.da

6 형이 모자를 삽니다.

hyo*ng.i/mo.ja.reul/ssam.ni.da

中譯

1 美妍看連續劇。

2 媽媽做菜。

3 爸爸讀報紙。

4 弟弟寫作業。

5 姊姊考試。

6 哥哥買帽子。

單字

드라마	【名】deu.ra.ma　連續劇
요리	【名】yo.ri　料理／菜
쓰다	【動】sseu.da　寫／使用
누나	【名】nu.na　姊姊（弟弟稱呼姊姊）
시험을 보다	【慣】si.ho*.meul/bo.da　考試
형	【名】hyo*ng　哥哥（弟弟稱呼哥哥）
모자	【名】mo.ja　帽子

主語＋形容詞

語法說明

❶ 是韓語基本結構之一，其詳細的組成成份為「主語＋主格助詞＋形容詞」。
❷ 即「主語 N ＋이/가＋形容詞」，表示敘述主語的狀態。
❸ 例如，「老師漂亮」韓語可以寫成「선생님이 예쁩니다.」，其中「예쁘다 漂亮」為形容詞。

應用句

1 강아지가 귀엽습니다.
gang.a.ji.ga/gwi.yo*p.sseum.ni.da

2 산이 높습니다.
sa.ni/nop.sseum.ni.da

3 오빠가 멋있습니다.
o.ba.ga/mo*.sit.sseum.ni.da

4 한국 요리가 맛있습니다.
han.guk/yo.ri.ga/ma.sit.sseum.ni.da

5 풍경이 아름답습니다.
pung.gyo*ng.i/a.reum.dap.sseum.ni.da

6 머리가 짧습니다.
mo*.ri.ga/jjal.sseum.ni.da

中譯

1 小狗可愛。
2 山高。
3 哥哥帥。
4 韓國料理好吃。
5 風景漂亮。
6 頭髮短。

單字

강아지	【名】	gang.a.ji	小狗
귀엽다	【形】	gwi.yo*p.da	可愛
산	【名】	san	山
높다	【形】	nop.da	高
맛있다	【形】	ma.sit.da	好吃
아름답다	【形】	a.reum.dap.da	漂亮／美麗
짧다	【形】	jjal.da	短

N이/가 있다 在／有

語法説明

❶「있다」為形容詞，表示「在／有」。

❷ 若要用韓語表示「存在某一事物」，可以使用「N이/가 있다」的句型。

❸「계시다」是있다的敬語，當存在的對象是需要表示尊敬的人物時，則要把있다改成계시다。

應用句

1 사람이 있습니까?
sa.ra.mi/it.sseum.ni.ga

2 누가 계십니까?
nu.ga/gye.sim.ni.ga

3 강 사장님이 계십니다.
gang/sa.jang.ni.mi/gye.sim.ni.da

4 돈이 있습니다.
do.ni/it.sseum.ni.da

5 시간이 있습니까?

si.ga.ni/it.sseum.ni.ga

6 무엇이 있습니까?

mu.o*.si/it.sseum.ni.ga

中譯

1 有人嗎？
2 誰在？
3 姜社長在。
4 有錢。
5 有時間嗎？
6 有什麼？

單字

사람	【名】	sa.ram	人
누구	【代】	nu.gu	誰
강	【名】	gang	姜(姓氏)
사장님	【名】	sa.jang.nim	社長／總經理
돈	【名】	don	錢
시간	【名】	si.gan	時間

N이/가 없다 不在／沒有

語法説明

❶「없다」為形容詞，表示「不在／沒有」。
❷若要用韓語表示「不存在某一事物」，可以使用「N이/가 없다」的句型。
❸「안 계시다」是없다的敬語，當不存在的對象是需要表示尊敬的人物時，則要把없다改成안 계시다。

應用句

1 저는 남자친구가 없습니다.
jo*.neun/nam.ja.chin.gu.ga/o*p.sseum.ni.da

2 물이 없습니다.
mu.ri/o*p.sseum.ni.da

3 동전이 없습니까?
dong.jo*.ni/o*p.sseum.ni.ga

4 부모님이 집에 안 계십니다.
bu.mo.ni.mi/ji.be/an/gye.sim.ni.da

5 과장님은 지금 자리에 안 계십니까?

gwa.jang.ni.meun/ji.geum/ja.ri.e/an/gye.sim.ni.ga

6 그녀는 꿈이 없습니다.

geu.nyo*.neun/gu.mi/o*p.sseum.ni.da

中譯

1 我沒有男朋友。
2 沒有水。
3 你沒有零錢嗎？
4 父母親不在家。
5 課長現在不在位子上嗎？
6 她沒有夢想。

單字

남자친구	【名】	nam.ja.chin.gu　男朋友
물	【名】	mul　水
동전	【名】	dong.jo*n　零錢／銅錢
과장님	【名】	gwa.jang.nim　課長
지금	【名】	ji.geum　現在
그녀	【名】	geu.nyo*　她／那個女孩
꿈	【名】	gum　夢／夢想

N에 있다 某地有…

語法説明

❶「에」為處格助詞，接在地點、處所名詞後方，表示「位置／方向／目的地」。

❷ 若要表示某物(人)在某處時，可以使用「N은/는 N에 있다」的句型。

❸ 若要表示某物(人)不在某處時，可以使用「N은/는 N에 없다」的句型。

應用句

1 집이 어디에 있습니까?
ji.bi/o*.di.e/it.sseum.ni.ga

2 식당은 이층에 있습니다.
sik.dang.eun/i.cheung.e/it.sseum.ni.da

3 할아버지는 방에 계십니까?
ha.ra.bo*.ji.neun/bang.e/gye.sim.ni.ga

4 바나나는 식탁 위에 있습니다.
ba.na.na.neun/sik.tak/wi.e/it.sseum.ni.da

5 음식은 여기에 없습니다.
eum.si.geun/yo*.gi.e/o*p.sseum.ni.da

6 그 학생은 교실에 없습니다.
geu/hak.sse*ng.eun/gyo.si.re/o*p.sseum.ni.da

中譯

1 你家在哪裡？
2 餐館在二樓。
3 爺爺在房間嗎？
4 香蕉在餐桌上。
5 食物不在這裡。
6 那個學生不在教室。

單字

집	【名】jip	家
식당	【名】sik.dang	食堂／餐飲店
이층	【名】i.cheung	二樓
바나나	【名】ba.na.na	香蕉
식탁	【名】sik.tak	餐桌
위	【名】wi	上面
음식	【名】eum.sik	食物／飲食

N에 가다 去某地

語法説明

❶ 為處格助詞，接在地點、處所名詞後方，表示「位置／方向／目的地」。

❷ 若에表示目的地時，後方則要使用方向性動詞。例如「가다(去)」、「오다(來)」、「도착하다(抵達)」、「이르다(到達)」等。

❸ 要表示前往某地點時，可以使用「N에 가다」的句型。

應用句

1 어디에 갑니까?
o*.di.e/gam.ni.ga

2 회사에 갑니다.
hwe.sa.e/gam.ni.da

3 저는 시내에 갑니다.
jo*.neun/si.ne*.e/gam.ni.da

4 우리 기숙사에 옵니까?
u.ri/gi.suk.ssa.e/om.ni.ga

5 내일 극장에 갑니다.

ne*.il/geuk.jjang.e/gam.ni.da

6 최 여사님이 사무실에 오십니다.

chwe/yo*.sa.ni.mi/sa.mu.si.re/o.sim.ni.da

中譯

1 你要去哪裡？

2 去公司。

3 我去市區。

4 你要來我們宿舍嗎？

5 明天去劇院。

6 崔女士來辦公室。

單字

시내	【名】	si.ne*	市區／室內
기숙사	【名】	gi.suk.ssa	宿舍
내일	【名】	ne*.il	明天
극장	【名】	geuk.jjang	劇院／電影院
최	【名】	chwe	崔(姓氏)
여사	【名】	yo*.sa	女士
사무실	【名】	sa.mu.sil	辦公室

–하고 和…／跟…

語法說明

❶ 是連接助詞，用來連接兩個名詞，相當於中文的「和…／跟…」。

❷ 하고直接接在有尾音或無尾音的名詞後方即可。

❸ 하고是「와/과」的口語用法。

應用句

1 가방에 지갑하고 핸드폰이 있습니다.
ga.bang.e/ji.ga.pa.go/he*n.deu.po.ni/it.sseum.ni.da

2 집에 언니하고 남동생이 있습니다.
ji.be/o*n.ni.ha.go/nam.dong.se*ng.i/it.sseum.ni.da

3 내일 준수 오빠하고 놀이동산에 갑니다.
ne*.il/jun.su/o.ba.ha.go/no.ri.dong.sa.ne/gam.ni.da

4 서랍 안에 통장하고 인장이 있습니다.
so*.rap/a.ne/tong.jang.ha.go/in.jang.i/it.sseum.ni.da

5 구두하고 양말을 사고 싶습니다.

gu.du.ha.go/yang.ma.reul/ssa.go/sip.sseum.ni.da

6 저는 샌드위치하고 홍차를 먹습니다.

jo*.neun/se*n.deu.wi.chi.ha.go/hong.cha.reul/mo*k.sseum.ni.da

中譯

1 包包有皮夾和手機。

2 家裡有姊姊和弟弟。

3 明天和俊秀哥去遊樂園。

4 抽屜裡有存摺和印章。

5 我想買皮鞋和襪子。

6 我吃三明治和紅茶。

單字

놀이동산	【名】	no.ri.dong.san	遊樂園
서랍	【名】	so*.rap	抽屜
안	【名】	an	裡面／內
통장	【名】	tong.jang	存摺
인장	【名】	in.jang	印章
양말	【名】	yang.mal	襪子
샌드위치	【名】	se*n.deu.wi.chi	三明治

−과/와 和…／跟…

語法說明

1 과/와是連接助詞，表示「並列」，用來連接兩個名詞。
2 相當於中文的「和…／跟…」。
3 如果名詞以母音結束，就接**와**；如果名詞以子音結束，則接**과**。
4 若要表示共同行動的對象，可以使用「N**과/와 같이**」的句型。
5 과/와也可表示比較的對象。

應用句

1 저는 가을과 겨울을 좋아합니다.
jo*.neun/ga.eul.gwa/gyo*.u.reul/jjo.a.ham.ni.da

2 영어와 한국어를 배우고 싶습니다.
yo*ng.o*.wa/han.gu.go*.reul/be*.u.go/sip.sseum.ni.da

3 여기에 사람과 차가 많습니다.
yo*.gi.e/sa.ram.gwa/cha.ga/man.sseum.ni.da

4 저와 같이 회사에 갑니까?
jo*.wa/ga.chi/hwe.sa.e/gam.ni.ga

5 가격은 이것과 같습니다.

ga.gyo*.geun/i.go*t.gwa/gat.sseum.ni.da

6 한국어의 발음은 중국어와 비슷합니다.

han.gu.go*.ui/ba.reu.meun/jung.gu.go*.wa/bi.seu.tam.ni.da

中譯

1 我喜歡秋天和冬天。
2 我想學英語和韓語。
3 這裡人和車很多。
4 你要和我一起去公司嗎？
5 價格和這個一樣。
6 韓國語的發音和中文類似。

單字

가을	【名】	ga.eul	秋天
겨울	【名】	gyo*.ul	冬天
좋아하다	【動】	jo.a.ha.da	喜歡
차	【名】	cha	車
가격	【名】	ga.gyo*k	價格
발음	【名】	ba.reum	發音
비슷하다	【形】	bi.seu.ta.da	相似／類似

이／그／저 指示事物

語法說明

❶「이(這)／그(那)／저(那)」為指示代名詞，後方接名詞，用來指示「事物」。
❷ 이為近稱，表示被指示的事物，離談話者近。
❸ 그為中稱，表示被指示的事物，離聽話者近，離談話者遠，或指雙方心裡都知道的事物。
❹ 저為遠稱，表示被指示的事物，離聽話者和談話者都遠。

應用句

1 이 책은 누구의 것입니까?
i/che*.geun/nu.gu.ui/go*.sim.ni.ga

2 그 사람은 한희진입니까?
geu/sa.ra.meun/han.hi.ji.nim.ni.ga

3 저 곳은 어디입니까?
jo*/go.seun/o*.di.im.ni.ga

4 이 안경은 제 것입니다.
i/an.gyo*ng.eun/je/go*.sim.ni.da

5 그 그림이 좋습니다.

geu/geu.ri.mi/jo.sseum.ni.da

6 이 디자인이 싫습니다.

i/di.ja.i.ni/sil.sseum.ni.da

中譯

1 這本書是誰的？

2 那個人是韓熙珍嗎？

3 那個地方是哪裡？

4 這副眼鏡是我的。

5 我喜歡那幅圖畫。

6 我討厭這個設計。

單字

곳	【依】	got	地方／場所
안경	【名】	an.gyo*ng	眼鏡
그림	【名】	geu.rim	圖畫／圖片
디자인	【名】	di.ja.in	設計
싫다	【形】	sil.ta	討厭／不喜歡

여기／거기／저기 指示場所

語法說明

1 여기(這裡)／거기(那裡)／저기(那裡)為指示代名詞，用來指示「場所」。

2 여기為近稱，表示被指示的場所，離談話者近。

3 거기為中稱，表示被指示的場所，離聽話者近，離談話者遠，或指雙方心裡都知道的場所。

4 저기為遠稱，表示被指示的場所，離聽話者和談話者都遠。

應用句

1 여기는 어디입니까?
yo*.gi.neun/o*.di.im.ni.ga

2 저기는 남산타워입니다.
jo*.gi.neun/nam.san.ta.wo.im.ni.da

3 여기에 앉으십시오.
yo*.gi.e/an.jeu.sip.ssi.o

4 저기를 좀 보십시오.
jo*.gi.reul/jjom/bo.sip.ssi.o

5 그릇은 거기 있습니다.
geu.reu.seun/go*.gi/it.sseum.ni.da

6 짐을 거기에 놓으십시오.
ji.meul/go*.gi.e/no.eu.sip.ssi.o

中譯

1 這裡是哪裡？
2 那裡是南山塔。
3 請坐這裡。
4 請看那裡。
5 碗盤在那裡。
6 行李請放在那裡。

單字

남산타워	【地】	nam.san.ta.wo	南山塔
앉다	【動】	an.da	坐
좀	【副】	jom	一點／稍為
그릇	【名】	geu.reut	碗盤／器皿
짐	【名】	jim	行李
놓다	【動】	no.ta	放置／放上

－고 싶다 想要…

語法說明

❶ 接在動詞語幹後方，表示談話者的希望、願望。
❷ 相當於中文的「想要…」。
❸ 如果主語是第三人稱「그(他)、그녀(她)」，則必須使用「－고 싶어하다」。

應用句

1 집에 돌아가고 싶습니다.
ji.be/do.ra.ga.go/sip.sseum.ni.da

2 치마를 사고 싶습니다.
chi.ma.reul/ssa.go/sip.sseum.ni.da

3 무슨 요리를 먹고 싶습니까?
mu.seun/yo.ri.reul/mo*k.go/sip.sseum.ni.ga

4 이민호 씨가 회사를 그만두고 싶어해요.
i.min.ho/ssi.ga/hwe.sa.reul/geu.man.du.go/si.po*.he*.yo

5 부장님은 술을 마시고 싶어합니다.
bu.jang.ni.meun/su.reul/ma.si.go/si.po*.ham.ni.da

6 그녀는 형과 결혼하고 싶어합니다.
geu.nyo*.neun/hyo*ng.gwa/gyo*l.hon.ha.go/si.po*.ham.ni.da

中譯

1 我想回家。
2 我想買裙子。
3 你想吃什麼菜？
4 李敏浩想辭職。
5 部長想喝酒。
6 她想和哥哥結婚。

單字

돌아가다	【動】	do.ra.ga.da	回去
치마	【名】	chi.ma	裙子
무슨	【冠】	mu.seun	什麼
그만두다	【動】	geu.man.du.da	作罷／辭職
술	【名】	sul	酒
마시다	【動】	ma.si.da	喝
결혼하다	【動】	gyo*l.hon.ha.da	結婚

一도 也

語法説明

❶ 為助詞，接在名詞後面，相當於中文「也」的意思。
❷ 依據語意的不同，有時也表示「強調」。

應用句

1 인국 씨도 배우입니다.
in.guk/ssi.do/be*.u.im.ni.da

2 우리도 고등학생입니다.
u.ri.do/go.deung.hak.sse*ng.im.ni.da

3 저도 북경에 갑니다.
jo*.do/buk.gyo*ng.e/gam.ni.da

4 저희도 농구를 합니다.
jo*.hi.do/nong.gu.reul/ham.ni.da

5 혜선 씨도 비빔밥을 시킵니다.
hye.so*n/ssi.do/bi.bim.ba.beul/ssi.kim.ni.da

6 언니는 키가 작습니다. 동생도 키가 작습니다.
o*n.ni.neun/ki.ga/jak.sseum.ni.da//dong.se*ng.do/ki.ga/jak.sseum.ni.da

中譯

1 仁國也是演員。
2 我們也是高中生。
3 我也去北京。
4 我們也打籃球。
5 惠善也點拌飯。
6 姊姊個子小。妹妹也個子小。

單字

배우	【名】	be*.u	演員
고등학생	【名】	go.deung.hak.sse*ng	高中生
저희	【代】	jo*.hi	我們(우리的謙語)
농구	【名】	nong.gu	籃球
비빔밥	【名】	bi.bim.bap	拌飯
시키다	【動】	si.ki.da	點菜／使喚
키가 작다	【慣】	ki.ga/jak.da	個子小

–(으)시 敬語

語法說明

1 為敬語用法，接在形容詞、動詞或이다的語幹後方，用來尊敬對方(聽話者)，或比談話者或聽話者的年齡或社會地位還高的對象。

2 若語幹以母音結束接시；若語幹以子音結束則接으시。

3 當主語是需要尊敬的對象時，主格助詞이/가要改為「께서」以表示尊敬。

應用句

1 할머니께서 라디오를 들으십니다.
hal.mo*.ni.ge.so*/ra.di.o.reul/deu.reu.sim.ni.da

2 교수님께서는 어디에 가십니까?
gyo.su.nim.ge.so*.neun/o*.di.e/ga.sim.ni.ga

3 무슨 일을 하십니까?
mu.seun/i.reul/ha.sim.ni.ga

4 아버님께서 지금 주무십니다.
a.bo*.nim.ge.so*/ji.geum/ju.mu.sim.ni.da

5 부모님께서 기다리십니다.
bu.mo.nim.ge.so*/gi.da.ri.sim.ni.da

6 이분이 박 선생님이십니다.
i.bu.ni/bak/so*n.se*ng.ni.mi.sim.ni.da

中譯

1 奶奶聽廣播。
2 教授去哪裡？
3 您在做什麼工作？
4 爸爸現在在睡覺。
5 父母在等。
6 這位是朴老師。

單字

라디오	【名】	ra.di.o	收音機／廣播
듣다	【動】	deut.da	聽
교수님	【名】	gyo.su.nim	教授
주무시다	【動】	ju.mu.si.da	睡覺（자다的敬語）
기다리다	【動】	gi.da.ri.da	等待／等候
박	【名】	bak	朴(姓氏)

－(으)ㄹ까요? 要不要一起…？

語法說明

❶ 接在動詞後方，表示提議或詢問對方的意見，也表示說話者向聽話者提議要不要一起去做某事。

❷ 相當於中文的「要不要一起…？」。

❸ 當動詞語幹以母音或ㄹ結束時，就接**ㄹ까요**?；當動詞語幹以子音結束時，就接**을까요**?。

❹ 依據語意的不同，有時也表示推測或疑問。

應用句

1 주스를 마실까요?
ju.seu.reul/ma.sil.ga.yo

2 같이 저녁을 먹을까요?
ga.chi/jo*.nyo*.geul/mo*.geul.ga.yo

3 언제 다시 만날까요?
o*n.je/da.si/man.nal.ga.yo

4 누가 갔을까요?
nu.ga/ga.sseul.ga.yo

5 택시를 탈까요?
te*k.ssi.reul/tal.ga.yo

6 내일 비가 올까요?
ne*.il/bi.ga/ol.ga.yo

中譯

1 要喝果汁嗎？
2 要不要一起吃晚餐？
3 什麼時候再見面呢？
4 誰去了呢？
5 要不要搭計程車？
6 明天會下雨嗎？

單字

주스	【名】ju.seu　果汁
저녁	【名】jo*.nyo*k　晚上／晚餐
언제	【代】【副】o*n.je　什麼時候
다시	【副】da.si　再／又
택시	【名】te*k.ssi　計程車
타다	【動】ta.da　搭乘
비가 오다	【慣】bi.ga/o.da　下雨

－(으)ㅂ시다 一起…吧！

語法説明

❶ 勸誘型終結語尾，接在動詞語幹後方，表示向對方提出建議或邀請他人一起做某事。

❷ 相當於中文的「一起…吧！」。

❸ 雖然此為尊敬形勸誘句，但對比自己年紀大的長輩説話時，最好使用疑問句「－시겠어요?」或「－(으)시지요」等的表現方式。

應用句

1 같이 식사합시다.
ga.chi/sik.ssa.hap.ssi.da

2 우리 좀 걸읍시다.
u.ri/jom/go*.reup.ssi.da

3 회의를 시작합시다.
hwe.ui.reul/ssi.ja.kap.ssi.da

4 이제 출발합시다.
i.je/chul.bal.hap.ssi.da

5 같이 바닷가에 갑시다.
ga.chi/ba.dat.ga.e/gap.ssi.da

6 한국 노래를 들읍시다.
han.guk/no.re*.reul/deu.reup.ssi.da

中譯

1 一起用餐吧。
2 我們走走吧。
3 我們開始開會吧。
4 現在出發吧。
5 一起去海邊吧。
6 我們聽韓國歌吧。

單字

식사하다	【動】sik.ssa.ha.da	用餐
걷다	【動】go*t.da	走路
회의	【名】hwe.ui	會議
시작하다	【動】si.ja.ka.da	開始
출발하다	【動】chul.bal.ha.da	出發
바닷가	【名】ba.dat.ga	海邊
노래	【名】no.re*	歌曲

제 3 과

지금 몇 시입니까?

ji.geum/myo*t/si.im.ni.ga

응용회화1

A：돈을 주셨습니까?

do.neul/jju.syo*t.sseum.ni.ga

B：아니요, 돈을 안 줬습니다.

a.ni.yo//do.neul/an/jwot.sseum.ni.da

응용회화2

A：뭘 드시겠습니까?

mwol/deu.si.get.sseum.ni.ga

B：저는 돌솥비빔밥을 먹겠습니다.

jo*.neun/dol.sot.bi.bim.ba.beul/mo*k.get.sseum.ni.da

응용회화3

A：삼겹살을 더 시킬까요?

sam.gyo*p.ssa.reul/do*/si.kil.ga.yo

B：아니요, 배가 부릅니다.

a.ni.yo//be*.ga/bu.reum.ni.da

응용회화4

051

A : 김치찌개는 맵습니까?

gim.chi.jji.ge*.neun/me*p.sseum.ni.ga

B : 아니요, 맵지 않습니다.

a.ni.yo//me*p.jji/an.sseum.ni.da

응용회화5

A : 저기요, 여기 김치 더 주십시오.

jo*.gi.yo//yo*.gi/gim.chi/do*/ju.sip.ssi.o

B : 예, 알겠습니다.

ye//al.get.sseum.ni.da

응용회화6

A : 어제 어디에 갔습니까?

o*.je/o*.di.e/gat.sseum.ni.ga

B : 어제 동생과 같이 백화점에 갔습니다.

o*.je/dong.se*ng.gwa/ga.chi/be*.kwa.jo*.me/gat.sseum.ni.da

응용회화7

A : 지금 몇 시입니까?

ji.geum/myo*t/si.im.ni.ga

B : 오후 두 시입니다.

o.hu/du/si.im.ni.da

응용회화8

A：오늘 뭘 합니까?

o.neul/mwol/ham.ni.ga

B：세 시에 친구하고 한국 식당에 갑니다.

se/si.e/chin.gu.ha.go/han.guk/sik.dang.e/gam.ni.da

응용회화9

A：사과는 몇 개입니까?

sa.gwa.neun/myo*t/ge*.im.ni.ga

B：다섯 개입니다.

da.so*t/ge*.im.ni.da

응용회화10

A：나이가 몇 살입니까?

na.i.ga/myo*t/sa.rim.ni.ga

B：열여덟 살입니다.

yo*.ryo*.do*l/sa.rim.ni.da

응용회화11

A：여기의 풍경이 아름답지요?

yo*.gi.ui/pung.gyo*ng.i/a.reum.dap.jji.yo

B：예, 아름답습니다.

ye//a.reum.dap.sseum.ni.da

053

응용회화12

A : 누구를 만나시겠습니까?

nu.gu.reul/man.na.si.get.sseum.ni.ga

B : 미국 친구를 만나겠습니다.

mi.guk/chin.gu.reul/man.na.get.sseum.ni.da

응용회화13

A : 한국어가 쉽습니까?

han.gu.go*.ga/swip.sseum.ni.ga

B : 아니요, 쉽지 않습니다.

a.ni.yo//swip.jji/an.sseum.ni.da

응용회화14

A : 교회에 안 갑니까?

gyo.hwe.e/an/gam.ni.ga

B : 네, 교회에 안 갑니다.

ne//gyo.hwe.e/an/gam.ni.da

응용회화15

A : 어디에서 오셨습니까?

o*.di.e.so*/o.syo*t.sseum.ni.ga

B : 대만에서 왔습니다.

de*.ma.ne.so*/wat.sseum.ni.da

054

第3課

現在幾點？

應用會話一

A：您給錢了嗎？

B：不，我沒給錢。

應用會話二

A：您要吃什麼？

B：我要吃石鍋拌飯。

應用會話三

A：還要再點五花肉嗎？

B：不，我吃飽了。

單字	
몇 시	【詞組】myo*t/si　幾點
주다	【動】ju.da　給予
뭘	【詞組】mwol　무엇을的縮寫
돌솥비빔밥	【名】dol.sot.bi.bim.bap　石鍋拌飯
삼겹살	【名】sam.gyo*p.ssal　五花肉
더	【副】do*　再／更加
배가 부르다	【詞組】be*.ga/bu.reu.da　肚子飽

應用會話四

A：泡菜鍋辣嗎？
B：不，不會辣。

應用會話五

A：小姐，再給我一些泡菜。
B：好，知道了。

應用會話六

A：你昨天去哪裡了？
B：昨天和妹妹去了百貨公司。

應用會話七

A：現在幾點？
B：下午兩點。

單字			
김치찌개	【名】	gim.chi.jji.ge*	泡菜鍋
맵다	【形】	me*p.da	辣
김치	【名】	gim.chi	泡菜
알다	【動】	al.da	知道
백화점	【名】	be*.kwa.jo*m	百貨公司
오후	【名】	o.hu	下午
두 시	【詞組】	du/si	兩點

應用會話八

A：今天你要做什麼？

B：三點要和朋友去韓國餐館。

應用會話九

A：蘋果幾個？

B：五個。

應用會話十

A：你幾歲？

B：我十八歲。

應用會話十一

A：這裡的風景很美吧？

B：是的，很美。

單字	
세 시	【詞組】se/si　三點
사과	【名】sa.gwa　蘋果
몇 개	【詞組】myo*t/ge*　幾個
나이	【名】na.i　年紀
몇 살	【詞組】myo*t/sal　幾歲
풍경	【名】pung.gyo*ng　風景
아름답다	【形】a.reum.dap.da　漂亮／美麗

應用會話十二

A：您要去見誰？

B：我要去見美國朋友。

應用會話十三

A：韓國語容易嗎？

B：不，不容易。

應用會話十四

A：你不去教會嗎？

B：是的，我不去教會。

應用會話十五

A：您從哪裡來？

B：我從台灣來。

單字			
만나다	【動】	man.na.da	見面／碰面
미국	【名】	mi.guk	美國
쉽다	【形】	swip.da	容易／簡單
교회	【名】	gyo.hwe	教會／教堂
대만	【名】	de*.man	台灣
오다	【動】	o.da	來

－지 않다 不…

語法說明

❶ 接在動詞、形容詞語幹後方，用來否定動作或狀態。
❷ 相當於中文的「不…」。
❸ 也可以將有否定意思的副詞「안」放在動詞或形容詞前方，同樣表示否定，和「－지 않다」的意義相同。

應用句

1 일본에 가지 않습니다.
il.bo.ne/ga.ji/an.sseum.ni.da

2 이것을 사지 않겠습니다.
i.go*.seul/ssa.ji/an.ket.sseum.ni.da

3 커피를 안 마십니다.
ko*.pi.reul/an/ma.sim.ni.da

4 콘서트에 안 가십니까?
kon.so*.teu.e/an/ga.sim.ni.ga

5 오늘 기분이 안 좋습니다.
o.neul/gi.bu.ni/an/jo.sseum.ni.da

6 내일 한국에 출장 가지 않습니다.
ne*.il/han.gu.ge/chul.jang/ga.ji/an.sseum.ni.da

中譯

1 我不去日本。
2 我不買這個。
3 我不喝咖啡。
4 您不去演唱會嗎？
5 今天心情不好。
6 明天不去韓國出差。

單字

일본	【名】	il.bon	日本
콘서트	【名】	kon.so*.teu	演唱會
기분	【名】	gi.bun	心情
좋다	【形】	jo.ta	好／喜歡
내일	【名】	ne*.il	明天
출장	【名】	chul.jang	出差

－았 過去型先行語尾

語法説明

1 「았」為表示過去的先行語尾，接在動詞、形容詞的語幹後方。
2 當語幹的母音是「ㅏ. ㅗ」時，就接았。
3 當沒有尾音的語幹和았結合時，會有兩者互相結合的情況。
例如：가다(去)＋았→가았다→갔다(去了)
보다(看)＋았→보았다→봤다(看了)

應用句

1 강민지 씨가 시골에 갔습니다.
gang.min.ji/ssi.ga/si.go.re/gat.sseum.ni.da

2 방금 뉴스를 봤습니다.
bang.geum/nyu.seu.reul/bwat.sseum.ni.da

3 친구가 여기에 왔습니다.
chin.gu.ga/yo*.gi.e/wat.sseum.ni.da

4 오후에 거래처 사람을 만났습니다.
o.hu.e/go*.re*.cho*/sa.ra.meul/man.nat.sseum.ni.da

5 요즘은 많이 바빴습니다.
yo.jeu.meun/ma.ni/ba.bat.sseum.ni.da

6 넥타이를 사지 않았습니다.
nek.ta.i.reul/ssa.ji/a.nat.sseum.ni.da

中譯

1 姜旼志去了鄉下。
2 剛才看了新聞。
3 朋友來到了這裡。
4 下午見了客戶。
5 最近很忙。
6 我沒買領帶。

單字

시골	【名】	si.gol	鄉下
방금	【副】	bang.geum	剛才／剛剛
뉴스	【名】	nyu.seu	新聞
거래처	【名】	go*.re*.cho*	客戶
많이	【副】	ma.ni	很多
넥타이	【名】	nek.ta.i	領帶

－었 過去型先行語尾

語法說明

❶「었」為表示過去的先行語尾，接在動詞、形容詞的語幹後方。
❷ 當語幹的母音不是「ㅏ.ㅗ」時，就接었。
❸ 當沒有尾音的語幹和었結合時，會有兩者互相結合的情況。
例如：서다(站)＋었→서었다→섰다(站了)
치다(打)＋었→치었다→쳤다(打了)
지내다(度過)＋었→지내었다→지냈다(度過了)
바꾸다(改變)＋었→바꾸었다→바꿨다(改變了)

應用句

1 한국 역사를 배웠습니다.
han.guk/yo*k.ssa.reul/be*.wot.sseum.ni.da

2 소고기를 많이 먹었습니다.
so.go.gi.reul/ma.ni/mo*.go*t.sseum.ni.da

3 한국 여행은 재미있었습니다.
han.guk/yo*.he*ng.eun/je*.mi.i.sso*t.sseum.ni.da

4 부모님은 어제 집에 계셨습니다.
bu.mo.ni.meun/o*.je/ji.be/gye.syo*t.sseum.ni.da

5 지하철 역에서 친구를 기다렸습니다.
ji.ha.cho*l/yo*.ge.so*/chin.gu.reul/gi.da.ryo*t.sseum.ni.da

6 오늘 하루는 잘 지냈습니까?
o.neul/ha.ru.neun/jal/jji.ne*t.sseum.ni.ga

中譯

1 我學了韓國歷史。
2 我吃了很多牛肉。
3 韓國旅行很有趣。
4 父母昨天在家裡。
5 在地鐵站等了朋友。
6 今天一天你過得好嗎？

單字

역사	【名】	yo*k.ssa	歷史
소고기	【名】	so.go.gi	牛肉
여행	【名】	yo*.he*ng	旅行
재미있다	【形】	je*.mi.it.da	有趣／有意思
역	【名】	yo*k	車站
하루	【名】	ha.ru	一天
지내다	【動】	ji.ne*.da	過日子／度過

─였 過去型先行語尾

語法說明

❶「였」為表示過去的先行語尾，接在動詞、形容詞的語幹後方。
❷ 如果是하다類的詞彙，就在語幹後方接였。
❸「하다」和「였」一般會結合成「했」的型態。
例如：
운전하다(開車)＋였→운전하였다→운전했다(過去)開車了
간단하다(簡單)＋였→간단하였다→간단했다(過去)很簡單

應用句

1 아침에 회사에 전화했습니다.
a.chi.me/hwe.sa.e/jo*n.hwa.he*t.sseum.ni.da

2 친구들과 같이 이야기를 했습니다.
chin.gu.deul.gwa/ga.chi/i.ya.gi.reul/he*t.sseum.ni.da

3 전에 어디서 일을 했습니까?
jo*.ne/o*.di.so*/i.reul/he*t.sseum.ni.ga

4 도서관은 조용했습니다.
do.so*.gwa.neun/jo.yong.he*t.sseum.ni.da

5 집에서 한국어를 공부했습니다.

ji.be.so*/han.gu.go*.reul/gong.bu.he*t.sseum.ni.da

6 그 남자를 사랑했습니다.

geu/nam.ja.reul/ssa.rang.he*t.sseum.ni.da

中譯

1 早上打電話到公司了。

2 和朋友們一起聊天了。

3 你之前在哪裡工作？

4 圖書館很安靜。

5 我在家學習了韓國語。

6 我愛那個男人。

單字

아침	【名】a.chim　早上／早餐
전화하다	【動】jo*n.hwa.ha.da　打電話
이야기를 하다	【詞組】i.ya.gi.reul/ha.da　講話／聊天
전	【名】jo*n　之前／以前
도서관	【名】do.so*.gwan　圖書館
조용하다	【形】jo.yong.ha.da　安靜
사랑하다	【動】sa.rang.ha.da　愛

－이었/였 過去型先行語尾

語法説明

1 「이었/였」為이다的過去型態。

2 當이다前面的名詞是以母音結束，就接「였」；當이다前面的名詞是以子音結束，則接「이었」。

例如：친구(朋友)＋였→친구였다(過去)是朋友

학생(學生)＋이었→학생이었다(過去)是學生

應用句

1 아버지는 군인이었습니다.

a.bo*.ji.neun/gu.ni.ni.o*t.sseum.ni.da

2 어머니는 기자였습니다.

o*.mo*.ni.neun/gi.ja.yo*t.sseum.ni.da

3 최진실은 형사였습니다.

chwe.jin.si.reun/hyo*ng.sa.yo*t.sseum.ni.da

4 그건 저의 첫 여행이었습니다.

geu.go*n/jo*.ui/cho*t/yo*.he*ng.i.o*t.sseum.ni.da

5 그게 사실이었습니다.

geu.ge/sa.si.ri.o*t.sseum.ni.da

6 전에 대학생이었습니다. 지금은 회사원입니다.

jo*.ne/de*.hak.sse*ng.i.o*t.sseum.ni.da//ji.geu.meun/hwe.sa.wo.nim.ni.da

中譯

1 爸爸(以前)是軍人。
2 媽媽(以前)是記者。
3 崔真實(以前)是刑警。
4 那是我第一次的旅行。
5 那是事實。
6 之前是大學生，現在是上班族。

單字

군인	【名】	gu.nin	軍人
기자	【名】	gi.ja	記者
형사	【名】	hyo*ng.sa	刑事／刑警
첫	【冠】	cho*t	第一次／初
사실	【名】	sa.sil	事實
대학생	【名】	de*.hak.sse*ng	大學生
회사원	【名】	hwe.sa.won	公司職員

時間名詞＋에 在…時候

語法説明

❶「에」為助詞。

❷ 當에接在表示時間的名詞後方時，表示動作或事情發生的時間點。

例如：아침 일곱 시에(早上七點的時候)

다음 주 화요일에(下週二的時候)

❸ 언제(何時), 어제(昨天), 오늘(今天), 내일(明天)等的幾個時間名詞後方，不需接「에」。

應用句

1 몇 시에 아침을 먹습니까?

myo*t/si.e/a.chi.meul/mo*k.sseum.ni.ga

2 저녁 여섯 시에 만납시다.

jo*.nyo*k/yo*.so*t/si.e/man.nap.ssi.da

3 보통 밤 열두 시에 잡니다.

bo.tong/bam/yo*l.du/si.e/jam.ni.da

4 월요일에 남대문시장에 갑니다.

wo.ryo.i.re/nam.de*.mun.si.jang.e/gam.ni.da

5 겨울 방학에는 스키장에 갔습니다.
gyo*.ul/bang.ha.ge.neun/seu.ki.jang.e/gat.sseum.ni.da

6 수요일과 목요일에는 회사에서 잔업했습니다.
su.yo.il.gwa/mo.gyo.i.re.neun/hwe.sa.e.so*/ja.no*.pe*t.sseum.ni.da

中譯

1 你幾點吃早餐？
2 晚上六點見面吧！
3 一般晚上十二點睡覺。
4 星期一去南大門市場。
5 寒假去了滑雪場。
6 星期三和星期四在公司加班了。

單字

보통	【名】【副】bo.tong　一般／通常
밤	【名】bam　晚上
남대문시장	【地】nam.de*.mun.si.jang　南大門市場
겨울	【名】gyo*.ul　冬天
방학	【名】bang.hak　放假
스키장	【名】seu.ki.jang　滑雪場
잔업하다	【動】ja.no*.pa.da　加班

－겠 未來型先行語尾

語法說明

❶「겠」為表示未來的先行語尾，接在動詞、形容詞或이다的語幹後方。
❷ 當主語是第一人稱(我)的時候，表示「未來意志」。
❸ 當主語是第二人稱(你)的時候，表示「推測主語的意圖」。

應用句

1 다시 전화하겠습니다.
da.si/jo*n.hwa.ha.get.sseum.ni.da

2 회신을 기다리겠습니다.
hwe.si.neul/gi.da.ri.get.sseum.ni.da

3 주말에 집에 있겠습니다.
ju.ma.re/ji.be/it.get.sseum.ni.da

4 무슨 요리를 만들겠습니까?
mu.seun/yo.ri.reul/man.deul.get.sseum.ni.ga

5 저희 집에 오시겠습니까?

jo*.hi/ji.be/o.si.get.sseum.ni.ga

6 그 일을 안 하겠습니다.

geu/i.reul/an/ha.get.sseum.ni.da

中譯

1 我再打電話給你。
2 等待您的回信。
3 我週末會在家裡。
4 你要做什麼菜？
5 您要來我們家嗎？
6 我不做那件事情。

單字

다시	【副】	da.si	再次／又
회신	【名】	hwe.sin	回信／回覆
주말	【名】	ju.mal	週末
만들다	【動】	man.deul.da	製作
일	【名】	il	事情／工作

－지요 …吧？

語法說明

❶ 接在動詞、形容詞或이다的語幹後方，可用於敘述句、命令句、勸誘句、疑問句上，帶有親切的語氣。
❷ 當作疑問句使用時，表示說話者為了向聽話者確認雙方(可能)已經知道的事實內容，相當於中文的「～吧？」。
❸ 지요可縮寫成「죠」。
❹ 지요的敬語型態為「－(으)시지요」。

應用句

1 어제 밤에 비가 많이 왔지요?
o*.je/ba.me/bi.ga/ma.ni/wat.jji.yo

2 이 고양이가 귀엽지요?
i/go.yang.i.ga/gwi.yo*p.jji.yo

3 불고기가 맛있지요?
bul.go.gi.ga/ma.sit.jji.yo

4 지금 시간이 있지요? 예, 시간이 있습니다.
ji.geum/si.ga.ni/it.jji.yo//ye//si.ga.ni/it.sseum.ni.da

5 벌레를 싫어하시죠? 네, 매우 싫어합니다.

bo*l.le.reul/ssi.ro*.ha.si.jyo//ne//me*.u/si.ro*.ham.ni.da

6 술을 잘 마시죠? 예, 술을 좋아합니다.

su.reul/jjal/ma.si.jyo//ye//su.reul/jjo.a.ham.ni.da

中譯

1 昨天晚上雨下很大吧？

2 這隻貓咪很可愛吧？

3 烤肉很好吃吧？

4 你現在有時間吧？是的，有時間。

5 您討厭蟲子吧？是的，很討厭。

6 你很會喝酒吧？是的，我喜歡喝酒。

單字

고양이	【名】	go.yang.i	貓咪
불고기	【名】	bul.go.gi	烤肉
시간	【名】	si.gan	時間
벌레	【名】	bo*l.le	蟲子
싫어하다	【動】	si.ro*.ha.da	討厭
매우	【副】	me*.u	非常／很
잘	【副】	jal	好好地／擅長

數詞＋量詞

語法説明

❶ 當數字和量詞做結合時，必須使用韓語固有數詞。

例如：**책 다섯 권**(五本書)

펜 여덟 자루(八枝筆)

❷ 韓語固有數詞**하나**、**둘**、**셋**、**넷**後方接量詞時，要變成**한**、**두**、**세**、**네**的型態。

例如：**물 한 잔**(一杯水)

자동차 두 대(兩台車)

應用句

1 술 열 잔을 마십니다.

sul/yo*l/ja.neul/ma.sim.ni.da

2 저기 개 네 마리가 있습니다.

jo*.gi/ge*/ne/ma.ri.ga/it.sseum.ni.da

3 어제 한 시간 공부했습니다.

o*.je/han/si.gan/gong.bu.he*t.sseum.ni.da

4 그림 다섯 장을 그렸습니다.

geu.rim/da.so*t/jang.eul/geu.ryo*t.sseum.ni.da

5 밥 두 그릇을 먹었습니다.

bap/du/geu.reu.seul/mo*.go*t.sseum.ni.da

6 몇 분입니까? 세 명입니다.

myo*t/bu.nim.ni.ga//se/myo*ng.im.ni.da

中譯

1 喝十杯酒。

2 那裡有四隻狗。

3 昨天讀了一個小時的書。

4 畫了五張圖畫。

5 吃了兩碗飯。

6 有幾位？三位。

單字

잔	【量】jan （一）杯
개	【量】ge* （一）個
마리	【量】ma.ri （一）隻
그림을 그리다	【詞組】geu.ri.meul/geu.ri.da 畫圖
장	【量】jang （一）張
그릇	【量】【名】geu.reut （一）碗／器皿
밥	【名】bap 飯

韓語固有數詞

하나 ha.na	一	열하나 yo*l.ha.na	十一
둘 dul	二	스물 seu.mul	二十
셋 set	三	서른 so*.reun	三十
넷 net	四	마흔 ma.heun	四十
다섯 da.so*t	五	쉰 swin	五十
여섯 yo*.so*t	六	예순 ye.sun	六十
일곱 il.gop	七	일흔 il.heun	七十
여덟 yo*.do*l	八	여든 yo*.deun	八十
아홉 a.hop	九	아흔 a.heun	九十
열 yo*l	十	백 be*k	百

068

漢字音數詞

일 il	一	십일 si.bil	十一
이 i	二	이십 i.sip	二十
삼 sam	三	백 be*k	百
사 sa	四	천 cho*n	千
오 o	五	만 man	萬
육 yuk	六	십만 sim.man	十萬
칠 chil	七	백만 be*ng.man	百萬
팔 pal	八	천만 cho*n.man	千萬
구 gu	九	억 o*k	億
십 sip	十	조 jo	兆

제 4 과

이 가방 얼마입니까?

i/ga.bang/o*l.ma.im.ni.ga

응용회화1

A：같이 쇼핑 갑시다.

ga.chi/syo.ping/gap.ssi.da

B：그럼 동대문에 갈까요?

geu.ro*m/dong.de*.mu.ne/gal.ga.yo

응용회화2

A：청바지 좀 보여 주십시오.

cho*ng.ba.ji/jom/bo.yo*/ju.sip.ssi.o

B：네, 여기 있습니다.

ne//yo*.gi/it.sseum.ni.da

응용회화3

A：다른 색깔이 없습니까?

da.reun/se*k.ga.ri/o*p.sseum.ni.ga

B：없습니다. 하얀색만 있습니다.

o*p.sseum.ni.da//ha.yan.se*ng.man/it.sseum.ni.da

응용회화4

A : 귀걸이를 사고 싶습니다.
gwi.go*.ri.reul/ssa.go/sip.sseum.ni.da
B : 여기 많습니다. 고르십시오.
yo*.gi/man.sseum.ni.da//go.reu.sip.ssi.o

응용회화5

A : 이 외투는 어디서 샀습니까?
i/we.tu.neun/o*.di.so*/sat.sseum.ni.ga
B : 집 근처의 옷가게에서 샀습니다.
jip/geun.cho*.ui/ot.ga.ge.e.so*/sat.sseum.ni.da

응용회화6

A : 오늘 무엇을 샀습니까?
o.neul/mu.o*.seul/ssat.sseum.ni.ga
B : 신발하고 장갑을 샀습니다.
sin.bal.ha.go/jang.ga.beul/ssat.sseum.ni.da

응용회화7

A : 이 머리핀은 얼마입니까?
i/mo*.ri.pi.neun/o*l.ma.im.ni.ga
B : 삼천 원입니다.
sam.cho*n/wo.nim.ni.da

응용회화8

A：값이 쌉니까?

gap.ssi/ssam.ni.ga

B：아니요, 좀 비쌉니다.

a.ni.yo//jom/bi.ssam.ni.da

응용회화9

A：오늘 뭘 했습니까?

o.neul/mwol/he*t.sseum.ni.ga

B：친구하고 점심을 먹고 수영장에 갔습니다.

chin.gu.ha.go/jo*m.si.meul/mo*k.go/su.yo*ng.jang.e/gat.sseum.ni.da

응용회화10

A：아침에 시장에서 뭘 샀습니까?

a.chi.me/si.jang.e.so*/mwol/sat.sseum.ni.ga

B：과일하고 야채를 샀습니다.

gwa.il.ha.go/ya.che*.reul/ssat.sseum.ni.da

응용회화11

A：모두 이만팔천 원입니다.

mo.du/i.man.pal.cho*n/wo.nim.ni.da

B：너무 비쌉니다. 좀 깎아 주십시오.

no*.mu/bi.ssam.ni.da//jom/ga.ga/ju.sip.ssi.o

응용회화12

A : 이건 어떻게 팝니까?
i.go*n/o*.do*.ke/pam.ni.ga
B : 그건 한 봉지에 오천 원입니다.
geu.go*n/han/bong.ji.e/o.cho*n/wo.nim.ni.da

응용회화13

A : 포도 한 봉지하고 배 다섯 개 주십시오.
po.do/han/bong.ji.ha.go/be*/da.so*t/ge*/ju.sip.ssi.o
B : 여기 있습니다. 또 오십시오.
yo*.gi/it.sseum.ni.da//do/o.sip.ssi.o

응용회화14

A : 여기 선글라스를 팝니까?
yo*.gi/so*n.geul.la.seu.reul/pam.ni.ga
B : 예, 이리 오십시오.
ye//i.ri/o.sip.ssi.o

응용회화15

A : 이 구두는 어떻습니까?
i/gu.du.neun/o*.do*.sseum.ni.ga
B : 좀 작습니다.
jom/jak.sseum.ni.da

第4課

這個包包多少錢？

應用會話一

A：一起去購物吧！

B：那要不要去東大門？

應用會話二

A：請給我看看牛仔褲。

B：好的，在這裡。

應用會話三

A：沒有別的顏色嗎？

B：沒有，只有白色。

單字

같이	【副】	ga.chi	一起
그럼	【副】	geu.ro*m	那麼
동대문	【地】	dong.de*.mun	東大門
청바지	【名】	cho*ng.ba.ji	牛仔褲
보이다	【動】	bo.i.da	看到／看見
다르다	【形】	da.reu.da	不同／不一樣
하얀색	【名】	ha.yan.se*k	白色
색깔	【名】	se*k.gal	顏色

應用會話四

A：我想買耳環。

B：這裡很多，請您挑選。

應用會話五

A：這件外套在哪裡買的？

B：在家裡附近的服飾店買的。

應用會話六

A：今天你買了什麼？

B：買了鞋子和手套。

應用會話七

A：這個髮夾多少錢？

B：三千韓圜。

單字			
귀걸이	【名】	gwi.go*.ri	耳環
고르다	【動】	go.reu.da	挑選
외투	【名】	we.tu	外套
근처	【名】	geun.cho*	附近
옷가게	【名】	ot.ga.ge	服飾店
장갑	【名】	jang.gap	手套
머리핀	【名】	mo*.ri.pin	髮夾

應用會話八

A：價格便宜嗎？

B：不，有點貴。

應用會話九

A：今天你做了什麼事？

B：和朋友一起吃午餐，然後去了游泳池。

應用會話十

A：早上你在市場買了什麼？

B：買了水果和蔬菜。

應用會話十一

A：總共是兩萬八千韓圓。

B：太貴了，請算便宜一點。

單字			
값	【名】	gap	價格
싸다	【形】	ssa.da	便宜
비싸다	【形】	bi.ssa.da	貴
수영장	【名】	su.yo*ng.jang	游泳池
과일	【名】	gwa.il	水果
야채	【名】	ya.che*	蔬菜
모두	【副】	mo.du	都／全部
너무	【副】	no*.mu	太／很
깎다	【動】	gak.da	削／剪／殺價

應用會話十二

A：這個怎麼賣？

B：那個一包五千韓圜。

應用會話十三

A：請給我葡萄一包和梨子五顆。

B：在這裡，歡迎下次再來。

應用會話十四

A：這裡有賣太陽眼鏡嗎？

B：有，請到這邊來。

應用會話十五

A：這雙皮鞋怎麼樣？

B：有點小。

單字	
원	【依】won　韓圜(韓國貨幣單位)
팔다	【動】pal.da　賣
봉지	【量】【名】bong.ji　(一)包／袋子
포도	【名】po.do　葡萄
배	【名】be*　梨子／船／肚子
또	【副】do　又／再
선글라스	【名】so*n.geul.la.seu　太陽眼鏡
이리	【副】i.ri　這裡／這邊
작다	【形】jak.da　小

−(으)십시오. 請您…

語法說明

1 為極尊敬的命令型終結語尾，相當於中文的「請您～」。
2 通常使用在開會、報告、發表等的正式場合。
3 接在動詞後方，當動詞語幹有尾音時，接「**으십시오**」；當動詞語幹沒有尾音時，接「**십시오**」。
4 −(으)**십시오**的否定型態是「～**지 마십시오**」。

應用句

1 김치를 가져 가십시오.
gim.chi.reul/ga.jo*/ga.sip.ssi.o

2 선물을 받으십시오.
so*n.mu.reul/ba.deu.sip.ssi.o

3 사진을 찍지 마십시오.
sa.ji.neul/jjik.jji/ma.sip.ssi.o

4 사인하지 마십시오.
sa.in.ha.ji/ma.sip.ssi.o

5 다시 한 번 말씀해 주십시오.
da.si/han/bo*n/mal.sseum.he*/ju.sip.ssi.o

6 빨리 대답하십시오.
bal.li/de*.da.pa.sip.ssi.o

中譯

1 請帶泡菜走。
2 請收下禮物。
3 請勿拍照。
4 請不要簽名。
5 請您再說一次。
6 請快點回答。

單字

가져가다	【動】	ga.jo*.ga.da	帶走
선물	【名】	so*n.mul	禮物
받다	【動】	bat.da	收下／領取
사진을 찍다	【詞組】	sa.ji.neul/jjik.da	拍照
사인하다	【動】	sa.in.ha.da	簽名
말씀하다	【動】	mal.sseum.ha.da	說（말하다的敬語）
빨리	【副】	bal.li	快點
대답하다	【動】	de*.da.pa.da	回答

078

－아/어 주다 給…做…

語法說明

❶ 為慣用型，接在動詞後方，表示「為某人做某事」。
❷ 相當於中文的「給…做…」。
❸ 當語幹的母音是「ㅏ, ㅗ」時，接「아 주다」；當語幹的母音不是「ㅏ, ㅗ」時，就接「어 주다」；하다類詞彙則接「여 주다」，結合起來成「해 주다」。
❹ 若要對此人表示尊敬，則使用「－아/어 드리다」。

應用句

1 여권을 좀 보여 주십시오.
yo*.gwo.neul/jjom/bo.yo*/ju.sip.ssi.o

2 주소를 가르쳐 주십시오.
ju.so.reul/ga.reu.cho*/ju.sip.ssi.o

3 다시 한 번 설명해 주시겠습니까?
da.si/han/bo*n/so*l.myo*ng.he*/ju.si.get.sseum.ni.ga

4 가방이 무겁습니까? 들어 드릴게요.
ga.bang.i/mu.go*p.sseum.ni.ga//deu.ro*/deu.ril.ge.yo

5 돈 좀 바꿔 주세요.

don/jom/ba.gwo/ju.se.yo

6 여기에 답을 써 주십시오.

yo*.gi.e/da.beul/sso*/ju.sip.ssi.o

中譯

1 請您出示護照。

2 請告訴我住址。

3 您可以再說明一次嗎？

4 包包重嗎？我幫你拿。

5 請幫我換錢。

6 請在這裡寫上答案。

單字

여권	【名】yo*.gwon　護照
보이다	【動】bo.i.da　看見／給看
주소	【名】ju.so　地址
설명하다	【動】so*l.myo*ng.ha.da　說明
무겁다	【形】mu.go*p.da　重／沉
들다	【動】deul.da　提／拿
돈을 바꾸다	【詞組】do.neul/ba.gu.da　換錢
답	【名】dap　答案／解答

—만 只…

語法說明

1 為助詞，接在名詞或助詞後方，表示「限定」。
2 相當於中文的「只～」。

應用句

1 하루종일 게임만 합니다.
ha.ru.jong.il/ge.im.man/ham.ni.da

2 준수 씨는 맥주만 마십니다.
jun.su/ssi.neun/me*k.jju.man/ma.sim.ni.da

3 천원만 내십시오.
cho*.nwon.man/ne*.sip.ssi.o

4 한 입만 먹겠습니다.
han/im.man/mo*k.get.sseum.ni.da

5 저는 민준 씨만 믿습니다.
jo*.neun/min.jun/ssi.man/mit.sseum.ni.da

6 아침에 물만 마셨습니다.
a.chi.me/mul.man/ma.syo*t.sseum.ni.da

中譯

1 一整天都在玩遊戲。
2 俊秀只喝啤酒。
3 請付一千韓圜就好。
4 我只吃一口。
5 我只相信民俊。
6 早上我只有喝水而已。

單字

하루종일	【名】	ha.ru.jong.il	一整天
게임	【名】	ge.im	遊戲
맥주	【名】	me*k.jju	啤酒
내다	【動】	ne*.da	拿出
입	【名】	ip	嘴巴
믿다	【動】	mit.da	相信
물	【名】	mul	水

－에서 在…(做)

語法說明

1 助詞，接在處所名詞後方。
2 表示行為發生的範圍或地點，相當於中文的「在…(做)…」。
3 依照語意，에서也可表示某一行為或狀態的「出發點、起點」。
例如：
當에서表示行為發生的地點時
방(房間)＋에서＋자다(睡覺)→방에서 자다(在房間睡覺)
當에서表示某一行為的起點時
대만(台灣)＋에서＋오다(來)→대만에서 오다(從台灣來)

應用句

1 저는 타이페이에서 삽니다.
jo*.neun/ta.i.pe.i.e.so*/sam.ni.da

2 집에서 청소했습니다.
ji.be.so*/cho*ng.so.he*t.sseum.ni.da

3 학원에서 공부합니다.
ha.gwo.ne.so*/gong.bu.ham.ni.da

4 길에서 동료를 만났습니다.
gi.re.so*/dong.nyo.reul/man.nat.sseum.ni.da

5 슈퍼마켓에서 라면을 샀습니다.
syu.po*.ma.ke.se.so*/ra.myo*.neul/ssat.sseum.ni.da

6 김연아는 한국에서 왔습니다.
gi.myo*.na.neun/han.gu.ge.so*/wat.sseum.ni.da

中譯

1 我住在台北。
2 在家裡打掃。
3 在補習班讀書。
4 在路上遇見同事。
5 在超市買了泡麵。
6 金妍兒從韓國來的。

單字

타이페이	【地】	ta.i.pe.i	台北
청소하다	【動】	cho*ng.so.ha.da	打掃
학원	【名】	ha.gwon	補習班
길	【名】	gil	路／路上
동료	【名】	dong.nyo	同事
슈퍼마켓	【名】	syu.po*.ma.ket	超市
라면	【名】	ra.myo*n	泡麵

－의 …的

語法說明

❶ 連接兩個名詞，表示前方的名詞和後方的名詞有隸屬、擁有等的關係。

❷ 相當於中文的「～的」。

❸ 當所有格「的」的時候，發音為「에」。

❹ 의在多數的情況下可省略。

應用句

1 그녀는 제 동생입니다.
geu.nyo*.neun/je/dong.se*ng.im.ni.da

2 오늘은 어머니의 생신입니다.
o.neu.reun/o*.mo*.ni.ui/se*ng.si.nim.ni.da

3 내 가방은 어디에 있어요?
ne*/ga.bang.eun/o*.di.e/i.sso*.yo

4 친구의 생일 선물을 사고 싶습니다.
chin.gu.ui/se*ng.il/so*n.mu.reul/ssa.go/sip.sseum.ni.da

5 그 남자는 동생의 남자친구입니다.

geu/nam.ja.neun/dong.se*ng.ui/nam.ja.chin.gu.im.ni.da

6 여기는 네 집이야?

yo*.gi.neun/ni/ji.bi.ya

中譯

1 她是我的妹妹。

2 今天是媽媽的生日。

3 我的包包在哪裡？

4 我想買朋友的生日禮物。

5 那個男生是妹妹的男朋友。

6 這裡是你家嗎？

單字

제	【詞組】	je	我的（저의的略語）
생신	【名】	se*ng.sin	生日（생일的敬語）
내	【詞組】	ne*	我的（나의的略語）
생일	【名】	se*ng.il	生日
선물	【名】	so*n.mul	禮物
남자	【名】	nam.ja	男人／男生
네	【詞組】	ni	你的（너의的略語）
집	【家】	jip	家

N은/는 얼마입니까? N多少錢？

語法說明

❶ 提及價格時，要使用漢字音數字。
❷「원(韓圜)」是韓國的貨幣單位。
❸ 如果前面的數字是1時，則不需將**일**念出來。
例如：**만팔천 원**(一萬八千韓圜)
　　　천오백 원(一千五百韓圜)
❹ 當**에**接在表示數量的名詞之後時，表示「判斷價值的基準單位」。

應用句

1 모두 얼마입니까?
mo.du/o*l.ma.im.ni.ga

2 모두 사만육천 원입니다.
mo.du/sa.ma.nyuk.cho*n/wo.nim.ni.da

3 그것은 얼마입니까?
geu.go*.seun/o*l.ma.im.ni.ga

4 그것은 십만구천 원입니다.
geu.go*.seun/sim.man.gu.cho*n/wo.nim.ni.da

5 담배 한 갑에 얼마입니까?

dam.be*/han/ga.be/o*l.ma.im.ni.ga

6 소주 한 병에 얼마입니까?

so.ju/han/byo*ng.e/o*l.ma.im.ni.ga

中譯

1 總共多少錢？

2 總共四萬六千韓圜。

3 那個多少錢？

4 那個十萬九千韓圜。

5 香菸一盒多少錢？

6 燒酒一瓶多少錢？

單字

얼마	【代】	o*l.ma	多少
만	【數】	man	萬
천	【數】	cho*n	千
담배	【名】	dam.be*	香菸
갑	【量】【名】	gap	(一)盒／盒子
소주	【名】	so.ju	燒酒
병	【量】【名】	byo*ng	(一)瓶／瓶子

-고 列舉

語法說明

1 接在動詞後方，用來列舉兩個或兩個以上的動作。

2 接在形容詞後方，用來列舉兩個以上的狀態。

3 當고前後連接動詞時，也可表示「先後順序」，前後兩動作較無關聯。

應用句

1 그는 운동장에 가고 그녀는 도서관에 가요.
geu.neun/un.dong.jang.e/ga.go/geu.nyo*.neun/do.so*.gwa.ne/ga.yo

2 저는 일본어를 배우고 한국어를 가르쳐요.
jo*.neun/il.bo.no*.reul/be*.u.go/han.gu.go*.reul/ga.reu.cho*.yo

3 저녁을 드시고 가십시오.
jo*.nyo*.geul/deu.si.go/ga.sip.ssi.o

4 오늘은 친구를 만나고 쇼핑을 갔어요.
o.neu.reun/chin.gu.reul/man.na.go/syo.ping.eul/ga.sso*.yo

5 나는 한국 드라마를 보고 식당에 갔어요.
na.neun/han.guk/deu.ra.ma.reul/bo.go/sik.dang.e/ga.sso*.yo

6 이 카메라는 싸고 품질이 좋습니다.
i/ka.me.ra.neun/ssa.go/pum.ji.ri/jo.sseum.ni.da

中譯

1 他去運動場，她去圖書館。
2 我學習日本語，也教授韓語。
3 請您吃了晚飯再走。
4 今天見了朋友，然後去購物。
5 我看完韓劇，接著去了餐館。
6 這台相機便宜，品質又好。

單字

운동장	【名】	un.dong.jang	運動場
일본어	【名】	il.bo.no*	日語
드시다	【動】	deu.si.da	吃／喝(먹다的敬語)
쇼핑	【名】	syo.ping	購物
드라마	【名】	deu.ra.ma	連續劇
카메라	【名】	ka.me.ra	相機
품질	【名】	pum.jil	品質
좋다	【形】	jo.ta	好／喜歡

《ㄹ不規則變化》

語法說明

❶ 詞尾以ㄹ結束的動詞、形容詞，後面遇到以「ㄴ」、「ㅂ」、「ㅅ」開頭的語尾時，「ㄹ」會脫落。

例如：**살다**(居住)＋**습니다**→**사**＋**ㅂ니다**→**삽니다**

❷ 當詞尾以ㄹ結束的詞彙，後面遇到으開頭時，「으」會脫落。

例如：**살다**(居住)＋(**으**)**려고**→**살**＋**려고**→**살려고**(想居住)

살다(居住)＋**읍시다**→**사**＋**ㅂ시다**→**삽시다.**(一起住吧！)

살다(居住)＋**으십시오**→**사**＋**십시오**→**사십시오.**(請您居住)

應用句

1 아이들이 정원에서 놉니다.

a.i.deu.ri/jo*ng.wo.ne.so*/nom.ni.da

2 혹시 아십니까?

hok.ssi/a.sim.ni.ga

3 지금 어디에서 삽니까?

ji.geum/o*.di.e.so*/sam.ni.ga

4 누나의 머리가 깁니다.

nu.na.ui/mo*.ri.ga/gim.ni.da

5 햄버거를 만드세요.
he*m.bo*.go*.reul/man.deu.se.yo

6 저는 길에서 붕어빵을 팝니다.
jo*.neun/gi.re.so*/bung.o*.bang.eul/pam.ni.da

中譯

1 孩子們在庭院玩耍。
2 你知道嗎？
3 你現在住哪裡？
4 姊姊的頭髮很長。
5 請你做漢堡。
6 我在路邊賣鯛魚燒。

單字

아이	【名】a.i　小孩
정원	【名】jo*ng.won　庭園
놀다	【動】nol.da　玩
혹시	【副】hok.ssi　如果／萬一
길다	【形】gil.da　長
햄버거	【名】he*m.bo*.go*　漢堡
길	【名】gil　路上
붕어빵	【名】bung.o*.bang　鯛魚燒／魚型蛋糕

제 5 과

집에서 학교까지 시간이 얼마나 걸립니까?

ji.be.so*/hak.gyo.ga.ji/si.ga.ni/o*l.ma.na/go*l.lim.ni.ga

응용회화1

A：어디에 가십니까?

o*.di.e/ga.sim.ni.ga

B：이 주소로 데려다 주십시오.

i/ju.so.ro/de.ryo*.da/ju.sip.ssi.o

응용회화2

A：저희 집에 언제까지 계시겠습니까?

jo*.hi/ji.be/o*n.je.ga.ji/gye.si.get.sseum.ni.ga

B：이번 주 토요일까지 있겠습니다.

i.bo*n.ju/to.yo.il.ga.ji/it.get.sseum.ni.da

응용회화3

A：시청으로 가는 버스가 몇 번입니까?

si.cho*ng.eu.ro/ga.neun/bo*.seu.ga/myo*t/bo*.nim.ni.ga

B：234번 버스하고 888번 버스입니다.

i.be*k.ssam.sip.ssa.bo*n/bo*.seu.ha.go/pal.be*k.pal.ssip.pal.bo*n/bo*.seu.im.ni.da

응용회화4

A：그 일은 몰랐습니까?

geu/i.reun/mol.lat.sseum.ni.ga

B：예, 아무도 나한테 말해 주지 않았습니다.

ye//a.mu.do/na.han.te/mal.he*/ju.ji/a.nat.sseum.ni.da

응용회화5

A：기차로 가면 몇 시간 걸립니까?

gi.cha.ro/ga.myo*n/myo*t/si.gan/go*l.lim.ni.ga

B：아마 두 시간 삼십 분쯤 걸릴 겁니다.

a.ma/du/si.gan/sam.sip/bun.jjeum/go*l.lil/go*m.ni.da

응용회화6

A：왜 식사를 안 합니까?

we*/sik.ssa.reul/an/ham.ni.ga

B：배가 안 고프니까 안 먹습니다.

be*.ga/an/go.peu.ni.ga/an/mo*k.sseum.ni.da

응용회화7

A：퇴근 시간이 다 되니까 집에 돌아갑시다.

twe.geun/si.ga.ni/da/dwe.ni.ga/ji.be/do.ra.gap.ssi.da

B：예, 부장님, 안녕히 가세요.

ye//bu.jang.nim//an.nyo*ng.hi/ga.se.yo

응용회화8

A：거기까지 요금이 대충 얼마정도 나옵니까?

go*.gi.ga.ji/yo.geu.mi/de*.chung/o*l.ma.jo*ng.do/na.om.ni.ga

B：삼만원정도 나올 겁니다.

sam.ma.nwon.jo*ng.do/na.ol/go*m.ni.da

응용회화9

A：어디까지 가십니까?

o*.di.ga.ji/ga.sim.ni.ga

B：인천 공항까지 부탁합니다.

in.cho*n/gong.hang.ga.ji/bu.ta.kam.ni.da

응용회화10

A：거기까지 시간이 얼마정도 걸립니까?

go*.gi.ga.ji/si.ga.ni/o*l.ma.jo*ng.do/go*l.lim.ni.ga

B：글쎄요, 한 시간 반정도 걸립니다.

geul.sse.yo/han/si.gan/ban.jo*ng.do/go*l.lim.ni.da

응용회화11

A：어디서 세워 드릴까요?

o*.di.so*/se.wo/deu.ril.ga.yo

B：저 모퉁이에서 세워 주십시오.

jo*/mo.tung.i.e.so*/se.wo/ju.sip.ssi.o

응용회화12

A : 학교에 어떻게 옵니까?

hak.gyo.e/o*.do*.ke/om.ni.ga

B : 지하철을 타고 옵니다. 지하철로 이십 분쯤 걸립니다.

ji.ha.cho*.reul/ta.go/om.ni.da//ji.ha.cho*l.lo/i.sip/bun.jjeum/go*l.lim.ni.da

응용회화13

A : 음료수는 뭘 드릴까요?

eum.nyo.su.neun/mwol/deu.ril.ga.yo

B : 핫초코로 주십시오.

hat.cho.ko.ro/ju.sip.ssi.o

응용회화14

A : 죄송합니다. 한국어를 못 알아듣습니다.

jwe.song.ham.ni.da//han.gu.go*.reul/mot/a.ra.deut.sseum.ni.da

B : 그럼 영어로 얘기합시다.

geu.ro*m/yo*ng.o*.ro/ye*.gi.hap.ssi.da

응용회화15

A : 언제부터 그 일을 알았습니까?

o*n.je.bu.to*/geu/i.reul/a.rat.sseum.ni.ga

B : 사실은 처음부터 알았습니다.

sa.si.reun/cho*.eum.bu.to*/a.rat.sseum.ni.da

第5課

從家裡到學校要花多少時間？

應用會話一

A：您要去哪裡？

B：請帶我到這個住址。

應用會話二

A：您要在我們家待到什麼時候？

B：待到這週六為止。

應用會話三

A：開往市政廳的公車是幾號？

B：是234號公車和888號公車。

單字

주소	【名】ju.so　地址／住址
데리다	【動】de.ri.da　帶領／帶
저희	【代】jo*.hi　我們(우리的謙語)
언제	【代】o*n.je　什麼時候／何時
이번 주 토요일	【詞組】i.bo*n/ju/to.yo.il　這週六
시청	【地】si.cho*ng　市政廳
몇 번	【詞組】myo*t/bo*n　幾號
버스	【名】bo*.seu　公車

應用會話四

A：你不知道那件事情嗎？
B：是的，沒有人跟我說。

應用會話五

A：搭火車去的話，要花幾個小時？
B：大概要花兩個小時又三十分鐘左右。

應用會話六

A：你為什麼不用餐？
B：因為肚子不餓，所以不吃。

應用會話七

A：下班時間已經到了，回家吧。
B：好的，部長再見。

單字			
모르다	【動】	mo.reu.da	不知道／不懂／不認識
아무도	【慣】	a.mu.do	任何人也…／沒有人
말하다	【動】	mal.ha.da	說／說話
기차	【名】	gi.cha	火車
몇 시간	【詞組】	myo*t/si.gan	幾個小時
분	【依】	bun	（一）分鐘
쯤	【接尾】	jjeum	左右／大約
부장	【名】	bu.jang	部長

應用會話八

A：到那裡費用大概是多少？

B：大概是三萬韓圜左右。

應用會話九

A：您要去哪裡？

B：請帶我到仁川機場。

應用會話十

A：去那裡大概要花多少時間？

B：這個嘛…大概要花一個半小時。

應用會話十一

A：要在哪裡停車？

B：請在那邊的轉彎處停車。

單字		
요금	【名】yo.geum	費用
대충	【副】de*.chung	大致／大概
나오다	【動】na.o.da	出來
인천공항	【地】in.cho*n.gong.hang	仁川機場
부탁하다	【動】bu.ta.ka.da	拜託／請託
반	【名】ban	一半／半
차를 세우다	【詞組】cha.reul/sse.u.da	停車
모퉁이	【名】mo.tung.i	轉角／轉彎處

應用會話十二

A：你怎麼來學校的？

B：搭地鐵來的。搭地鐵要花二十分鐘左右。

應用會話十三

A：您要什麼飲料？

B：請給我熱可可。

應用會話十四

A：對不起，我聽不懂韓語。

B：那我們用英語聊吧。

應用會話十五

A：你是從什麼時候開始知道那件事的？

B：其實我一開始就知道了。

單字	
지하철을 타다	【詞組】ji.ha.cho*.reul/ta.da　搭地鐵
음료수	【名】eum.nyo.su　飲料
핫초코	【名】hat.cho.ko　熱可可
알아듣다	【動】a.ra.deut.da　聽得懂
영어	【名】yo*ng.o*　英語
얘기하다	【動】ye*.gi.ha.da　講話／提及
사실	【名】sa.sil　事實
처음	【名】【副】cho*.eum　第一次／初次

－(으)로 가다/오다 往…

語法說明

❶ 接在表示地點或方向的名詞之後，表示「方向」。
❷ 相當於中文的「往～」。
❸ 當名詞以母音或ㄹ結束時，使用로，當名詞以子音結束時，則使用으로。

應用句

1 형은 시골로 갑니다.
hyo*ng.eun/si.gol.lo/gam.ni.da

2 오른쪽으로 가십시오.
o.reun.jjo.geu.ro/ga.sip.ssi.o

3 이 버스는 어디로 갑니까?
i/bo*.seu.neun/o*.di.ro/gam.ni.ga

4 언제 부산으로 옵니까?
o*n.je/bu.sa.neu.ro/om.ni.ga

5 일번 출구로 나왔습니다.
il.bo*n/chul.gu.ro/na.wat.sseum.ni.da

6 이 길로 쭉 가십시오.
i/gil.lo/jjuk/ga.sip.ssi.o

中譯

1 哥哥去鄉下。
2 請往右邊走。
3 這班公車開往哪裡？
4 你什麼時候來釜山？
5 我往一號出口出來了。
6 請往這條路一直走。

單字

시골	【名】si.gol	鄉下／鄉村
오른쪽	【名】o.reun.jjok	右邊／右方
언제	【代】【副】o*n.je	什麼時候／何時
부산	【地】bu.san	釜山
일번	【名】il.bo*n	一號
출구	【名】chul.gu	出口
쭉	【副】jjuk	一直／繼續

N＋(으)로 利用…／搭乘…

語法說明

❶ 接在名詞後方，表示工具、材料、方法及交通手段。
❷ 相當於中文的「利用～／搭乘～」。
❸ 當名詞以母音或ㄹ結束時，使用로，當名詞以子音結束時，則使用으로。

應用句

1 숟가락으로 국을 마십니다.
sut.ga.ra.geu.ro/gu.geul/ma.sim.ni.da

2 새우로 만두를 만듭시다.
se*.u.ro/man.du.reul/man.deup.ssi.da

3 나무로 의자를 만듭니다.
na.mu.ro/ui.ja.reul/man.deum.ni.da

4 자동차로 출근합니다.
ja.dong.cha.ro/chul.geun.ham.ni.da

5 크레용으로 그림을 그렸습니다.

keu.re.yong.eu.ro/geu.ri.meul/geu.ryo*t.sseum.ni.da

6 화물을 배로 운송합니다.

hwa.mu.reul/be*.ro/un.song.ham.ni.da

中譯

1 用湯匙喝湯。

2 我們用蝦子包水餃吧。

3 用樹木做椅子。

4 開車上班。

5 用蠟筆畫了圖。

6 用船運送貨物。

單字

숟가락	【名】	sut.ga.rak	湯匙
새우	【名】	se*.u	蝦子
나무	【名】	na.mu	樹木
출근하다	【動】	chul.geun.ha.da	上班
크레용	【名】	keu.re.yong	蠟筆
화물	【名】	hwa.mul	貨物
운송하다	【動】	un.song.ha.da	運送／運輸

－에서 －까지 從…到…

語法說明

❶「～에서 ～까지」的句型，用來表示某一距離的範圍。
❷ 相當於中文的「從～到～」。
❸「에서」表示某個行為或狀態的出發點或起點；「까지」表示時間或距離上的限度、終點。

應用句

1 집에서 학교까지 멉니까?
ji.be.so*/hak.gyo.ga.ji/mo*m.ni.ga

2 여기에서 명동까지 뭘 타고 갑니까?
yo*.gi.e.so*/myo*ng.dong.ga.ji/mwol/ta.go/gam.ni.ga

3 지하철 역에서 여기까지 아주 가깝습니다.
ji.ha.cho*l/yo*.ge.so*/yo*.gi.ga.ji/a.ju/ga.gap.sseum.ni.da

4 지구에서 태양까지 거리가 어떻게 됩니까?
ji.gu.e.so*/te*.yang.ga.ji/go*.ri.ga/o*.do*.ke/dwem.ni.ga

5 서울에서 도쿄까지 소요시간이 어떻게 돼요?

so*.u.re.so*/do.kyo.ga.ji/so.yo.si.ga.ni/o*.do*.ke/dwe*.yo

6 타이페이에서 가오슝까지 차로 다섯 시간이 걸립니다.

ta.i.pe.i.e.so*/ga.o.syung.ga.ji/cha.ro/da.so*t/si.ga.ni/go*l.lim.ni.da

中譯

1 從家裡到學校遠嗎？
2 從這裡到明洞搭什麼去？
3 從地鐵站到這裡很近。
4 從地球到太陽的距離是多少？
5 從首爾到東京需要多少時間？
6 從台北到高雄開車要花五個小時。

單字

명동	【地】myo*ng.dong　明洞
가깝다	【形】ga.gap.da　近
지구	【名】ji.gu　地球
태양	【名】te*.yang　太陽
거리	【名】go*.ri　距離／街道
도쿄	【地】do.kyo　東京
소요시간	【名】so.yo.si.gan　所需時間
시간이 걸리다	【詞組】si.ga.ni/go*l.li.da　花費時間

－부터 －까지 從…到…

語法説明

❶「～부터 ～까지」的句型，用來表示某一時間的範圍。
❷ 相當於中文的「從～到～」。
❸「부터」表示某個動作或狀態在時間上的起點；「까지」表示時間或距離上的限度、終點。

應用句

1 오후 두 시부터 네 시까지 수업을 합니다.
o.hu/du.si.bu.to*/ne.si.ga.ji/su.o*.beul/ham.ni.da

2 언제부터 알았습니까?
o*n.je.bu.to*/a.rat.sseum.ni.ga

3 칠월초부터 구월말까지 여름방학입니다.
chi.rwol.cho.bu.to*/gu.wol.mal.ga.jji/yo*.reum.bang.ha.gim.ni.da

4 저녁 여섯 시까지 돌아오십시오.
jo*.nyo*k/yo*.so*t/si.ga.ji/do.ra.o.sip.ssi.o

5 오전 열한 시까지 영어 시험을 봅니다.
o.jo*n/yo*l.han/si.ga.ji/yo*ng.o*/si.ho*.meul/bom.ni.da

6 내일부터 이런 일을 하지 마십시오.
ne*.il.bu.to*/i.ro*n/i.reul/ha.ji/ma.sip.ssi.o

中譯

1 從下午兩點到四點上課。
2 你是從什麼時候開始知道的？
3 從七月初到九月底是暑假。
4 在晚上六點之前，請您回來。
5 英文考到上午十一點。
6 從明天起請不要再做這種事。

單字

오후	【名】o.hu 下午
수업을 하다	【詞組】su.o*.beul/ha.da 上課
알다	【動】al.da 知道／認識
월초	【名】wol.cho 月初
월말	【名】wol.mal 月底／月末
여름방학	【名】yo*.reum.bang.hak 暑假
돌아오다	【動】do.ra.o.da 回來
오전	【名】o.jo*n 上午
시험을 보다	【詞組】si.ho*.meul/bo.da 考試

－아/어서 因為…所以…

語法說明

1 接在動詞、形容詞語幹後方，表示前面的子句是後面子句的的原因或理由。

2 相當於中文的「因為…所以…」。

3 當語幹的母音是「ㅏ, ㅗ」時，接아서；當語幹的母音不是「ㅏ, ㅗ」時，就接어서；하다類詞彙則接여서，結合起來成해서。

4 時態았/었(過去)、겠(未來)等，不可加在아/어서前方。

5 名詞後方則是接上「(이)라서」，也可以使用이어서，但在一般的對話中，要使用(이)라서。

應用句

1 기분이 좋아서 밥 사 줄게요.

gi.bu.ni/jo.a.so*/bap/sa/jul.ge.yo

2 도와줘서 감사합니다.

do.wa.jwo.so*/gam.sa.ham.ni.da

3 일이 많아서 힘듭니다.

i.ri/ma.na.so*/him.deum.ni.da

4 그녀는 예뻐서 인기가 많습니다.

geu.nyo*.neun/ye.bo*.so*/in.gi.ga/man.sseum.ni.da

5 비가 와서 밖에 나가고 싶지 않아요.

bi.ga/wa.so*/ba.ge/na.ga.go/sip.jji/a.na.yo

6 거짓말이라서 믿지 않았어요.

go*.jin.ma.ri.ra.so*/mit.jji/a.na.sso*.yo

中譯

1 因為心情好，請你吃飯。
2 謝謝你幫助我。
3 工作多，所以很辛苦。
4 因為她漂亮，所以很受歡迎。
5 因為下雨了，我不想出門。
6 因為是謊話，所以我沒有相信。

單字

기분	【名】gi.bun　心情
도와주다	【動】do.wa.ju.da　幫助／幫忙
감사하다	【動】gam.sa.ha.da　感謝／謝謝
인기가 많다	【詞組】in.gi.ga/man.ta　受歡迎
비가 오다	【詞組】bi.ga/o.da　下雨
밖	【名】bak　外面
나가다	【動】na.ga.da　出去
거짓말	【名】go*.jin.mal　謊話

－(으)니까 因為…所以…

語法說明

❶ 接在動詞、形容詞語幹後方，表示理由或判斷的依據。
❷ 相當於中文的「因為…所以…」。
❸ 當語幹以母音或ㄹ結束時，就使用니까；當語幹以子音結束時，就要使用으니까。
❹ 可以連接時態았/었或겠，而且通常會與祈使句或勸誘句一同使用。

應用句

1 날씨가 더우니까 에어컨을 켜세요.
nal.ssi.ga/do*.u.ni.ga/e.o*.ko*.neul/kyo*.se.yo

2 지금 시간이 없으니까 밤에 만날까요?
ji.geum/si.ga.ni/o*p.sseu.ni.ga/ba.me/man.nal.ga.yo

3 너무 비싸니까 사지 마십시오.
no*.mu/bi.ssa.ni.ga/sa.ji/ma.sip.ssi.o

4 비가 오니까 집에 계세요.
bi.ga/o.ni.ga/ji.be/gye.se.yo

5 돈이 없으니까 다음에 사겠습니다.
do.ni/o*p.sseu.ni.ga/da.eu.me/sa.get.sseum.ni.da

6 이 노래는 들었으니까 다른 걸 들읍시다.
i/no.re*.neun/deu.ro*.sseu.ni.ga/da.reun/go*l/deu.reup.ssi.da

中譯

1 天氣熱，請你開冷氣。
2 我現在沒有時間，晚上見面好嗎？
3 太貴了，不要買。
4 下雨了，請您待在家。
5 沒有錢，我下次再買。
6 這首歌聽過了，我們聽別的吧！

單字

덥다	【形】do*p.da　熱
에어컨	【名】e.o*.ko*n　冷氣／空調
켜다	【動】kyo*.da　打開(電器用品)
밤	【名】bam　晚上
비싸다	【形】bi.ssa.da　貴
계시다	【動】gye.si.da　在(있다的敬語)
다음	【名】da.eum　下次
노래를 듣다	【詞組】no.re*.reul/deut.da　聽歌

《르不規則變化》

語法說明

❶ 語幹為「르」的大部分詞彙，後面遇到母音時，르的「ㅡ」會脫落，並且在前一個字尾後面加上ㄹ的尾音。

例如：모르다(不知道)＋아요→모ㄹ＋ㄹ＋아요＝몰라요.

　　　흐르다(流)＋어요→흐ㄹ＋ㄹ＋어요→흘러요.

❷ 屬於르不規則變化的相關詞彙有「다르다(不同)」、「기르다(養)」、「고르다(挑選)」、「자르다(剪)」、「마르다(乾)」、「서두르다(急忙)」等。

應用句

1 머리카락을 잘랐습니다.

mo*.ri.ka.ra.geul/jjal.lat.sseum.ni.da

2 예전에는 몰랐습니다.

ye.jo*.ne.neun/mol.lat.sseum.ni.da

3 가격도 저렴하고 배송도 빨랐습니다.

ga.gyo*k.do/jo*.ryo*m.ha.go/be*.song.do/bal.lat.sseum.ni.da

4 하나 골라 보십시오.

ha.na/gol.la/bo.sip.ssi.o

5 그를 여러 번 불렀습니다.

geu.reul/yo*.ro*.bo*n/bul.lo*t.sseum.ni.da

6 많이 먹어서 배 불렀습니다.

ma.ni/mo*.go*.so*/be*/bul.lo*t.sseum.ni.da

中譯

1 剪了頭髮。
2 以前不知道。
3 價格低廉，送貨也快速。
4 請您選一個。
5 叫了他好幾次。
6 因為我吃很多，已經吃飽了。

單字

머리카락	【名】	mo*.ri.ka.rak	頭髮
자르다	【動】	ja.reu.da	剪
예전	【名】	ye.jo*n	以前
저렴하다	【形】	jo*.ryo*m.ha.da	便宜／低廉
배송	【名】	be*.song	配送／運送
빠르다	【形】	ba.reu.da	快／早
부르다	【動】	bu.reu.da	叫／呼喚
배부르다	【形】	be*.bu.reu.da	肚子飽／吃飽

韓語擬聲詞

擬聲詞	韓文解釋	中譯
빵빵 bang.bang	자동차 경적 소리 ja.dong.cha/gyo*ng.jo*k/so.ri	汽車喇叭聲
따르릉 da.reu.reung	전화벨 소리 jo*n.hwa.bel/so.ri	電話鈴聲
똑똑 dok.dok	노크 소리 no.keu/so.ri	敲門聲
엉엉 o*ng.o*n	우는 소리 u.neun/so.ri	哭的聲音
멍멍 mo*ng.mo*ng	강아지 소리 gang.a.ji/so.ri	狗叫聲
꼬르륵 go.reu.reuk	배 고픈 소리 be*/go.peun/so.ri	肚子餓的聲音
뚜벅 뚜벅 du.bo*k/du.bo*k	발자국 소리 bal.jja.guk/so.ri	腳步聲
쿨쿨 kul.kul	잠자는 소리 jam.ja.neun/so.ri	熟睡的聲音
냠냠 nyam.nyam	음식을 먹는 소리 eum.si.geul/mo*ng.neun/so.ri	吃東西的聲音
하하 ha.ha	웃는 소리 un.neun/so.ri	笑聲
째각째각 jje*.gak.jje*.gak	시계 소리 si.gye/so.ri	鐘聲
야옹야옹 ya.ong.ya.ong	고양이가 우는 소리 go.yang.i.ga/u.neun/so.ri	貓叫聲

擬聲詞	韓文解釋	中譯
쨍그랑 jje*ng.geu.rang	접시가 깨지는 소리 jo*p.ssi.ga/ge*.ji.neun/so.ri	摔破碗盤的聲音
콜록콜록 kol.lok.kol.lok	기침 소리 gi.chim/so.ri	咳嗽聲
음매 eum.me*	소의 울음 소리 so.ui/u.reum/so.ri	牛的叫聲
풍덩 pung.do*ng	물건이 물에 빠지는 소리 mul.go*.ni/mu.re/ba.ji.neun/so.ri	東西掉入水中的聲音
윙윙 wing.wing	강한 바람 소리 gang.han/ba.ram/so.ri	颳強風的聲音
펑펑 po*ng.po*ng	터지는 소리 to*.ji.neun/so.ri	爆炸的聲音
앵앵 e*ng.e*ng	모기 소리 mo.gi/so.ri	蚊子的聲音

제 6 과

이 편지를 연미 씨한테 보내 주세요.

i/pyo*n.ji.reul/yo*n.mi/ssi.han.te/bo.ne*/ju.se.yo

응용회화1

A：누구한테 문자를 보냈어요?

nu.gu.han.te/mun.ja.reul/bo.ne*.sso*.yo

B：여자친구한테 문자를 보냈어요.

yo*.ja.chin.gu.han.te/mun.ja.reul/bo.ne*.sso*.yo

응용회화2

A：어디에 전화해요?

o*.di.e/jo*n.hwa.he*.yo

B：아빠 사무실에 전화해요.

a.ba/sa.mu.si.re/jo*n.hwa.he*.yo

응용회화3

A：누구에게 전화하세요?

nu.gu.e.ge/jo*n.hwa.ha.se.yo

B：친척에게 전화해요.

chin.cho*.ge.ge/jo*n.hwa.he*.yo

응용회화4

A：방에서 공부하고 있는군요.

bang.e.so*/gong.bu.ha.go/in.neun.gu.nyo

B：네, 내일 중간고사니까요.

ne//ne*.il/jung.gan.go.sa.ni.ga.yo

응용회화5

A：걸어서 편의점에 갑시다.

go*.ro*.so*/pyo*.nui.jo*.me/gap.ssi.da

B：좋아요. 집에서 편의점까지 아주 가까워요.

jo.a.yo//ji.be.so*/pyo*.nui.jo*m.ga.ji/a.ju/ga.ga.wo.yo

응용회화6

A：방이 너무 더워요.

bang.i/no*.mu/do*.wo.yo

B：그럼 선풍기를 켜세요.

geu.ro*m/so*n.pung.gi.reul/kyo*.se.yo

응용회화7

A：혹시 최 과장님이 계세요?

hok.ssi/chwe/gwa.jang.ni.mi/gye.se.yo

B：네, 계십니다. 잠시만 기다려 주세요.

ne//gye.sim.ni.da//jam.si.man/gi.da.ryo*/ju.se.yo

응용회화8

A : 다음 역에서 내려서 버스로 갈아타세요.

da.eum/yo*.ge.so*/ne*.ryo*.so*/bo*.seu.ro/ga.ra.ta.se.yo

B : 예, 가르쳐 줘서 감사합니다.

ye//ga.reu.cho*/jwo.so*/gam.sa.ham.ni.da

응용회화9

A : 실례합니다. 종로3가역이 어디에 있습니까?

sil.lye.ham.ni.da//jong.no.sam.ga.yo*.gi/o*.di.e/it.sseum.ni.ga

B : 저와 같은 방향이군요. 저를 따라 오세요.

jo*.wa/ga.teun/bang.hyang.i.gu.nyo//jo*.reul/da.ra/o.se.yo

응용회화10

A : 맛이 조금 시군요.

ma.si/jo.geum/si.gu.nyo

B : 네, 레몬을 좀 넣어서 맛이 셔요.

ne//re.mo.neul/jjom/no*.o*.so*/ma.si/syo*.yo

응용회화11

A : 고객님, 여기에 앉아서 기다리세요.

go.ge*ng.nim//yo*.gi.e/an.ja.so*/gi.da.ri.se.yo

B : 네, 고맙습니다.

ne//go.map.sseum.ni.da

응용회화12

A：머리가 너무 아파요.

mo*.ri.ga/no*.mu/a.pa.yo

B：그러면 병원에 가서 의사를 만나 보세요.

geu.ro*.myo*n/byo*ng.wo.ne/ga.so*/ui.sa.reul/man.na/bo.se.yo

응용회화13

A：만화책을 사서 봐요?

man.hwa.che*.geul/ssa.so*/bwa.yo

B：아니요. 친구한테 빌려서 봐요.

a.ni.yo//chin.gu.han.te/bil.lyo*.so*/bwa.yo

응용회화14

A：여기 사람들이 많군요.

yo*.gi/sa.ram.deu.ri/man.ku.nyo

B：일요일이라서 놀이동산에 사람이 많겠죠.

i.ryo.i.ri.ra.so*/no.ri.dong.sa.ne/sa.ra.mi/man.ket.jjyo

응용회화15

A：저는 바이올린을 가르쳐요.

jo*.neun/ba.i.ol.li.neul/ga.reu.cho*.yo

B：아, 바이올린 선생님이시군요.

a//ba.i.ol.lin/so*n.se*ng.ni.mi.si.gu.nyo

第 6 課

請把這封信交給妍美小姐。

應用會話一

A：你傳簡訊給誰？

B：我傳簡訊給女朋友。

應用會話二

A：你打電話去哪裡？

B：我打電話到爸爸的辦公室。

應用會話三

A：你打電話給誰？

B：我打電話給親戚。

單字	
누구	【代】nu.gu　誰
문자를 보내다	【詞組】mun.ja.reul/bo.ne*.da　傳簡訊
아빠	【名】a.ba　爸爸（暱稱）
사무실	【名】sa.mu.sil　辦公室
친척	【名】chin.cho*k　親戚

應用會話四

A：你在房間讀書啊！

B：是的，因為明天是期中考。

應用會話五

A：我們走路去便利商店吧。

B：好啊！從家裡到便利商店很近。

應用會話六

A：房間很熱。

B：那請你開電風扇。

應用會話七

A：請問崔課長在嗎？

B：是的，他在。請您稍等一下。

單字	
중간고사	【名】jung.gan.go.sa　期中考
편의점	【名】pyo*.nui.jo*m　便利商店
아주	【副】a.ju　很／太
가깝다	【形】ga.gap.da　近
덥다	【形】do*p.da　熱
선풍기를 켜다	【詞組】so*n.pung.gi.reul/kyo*.da　打開電風扇
잠시	【副】jam.si　暫時

應用會話八

A：請你在下一站下車後轉搭公車。

B：好的，謝謝您告訴我。

應用會話九

A：不好意思，請問鍾路三街站在哪裡？

B：你和我一樣的方向呢！請跟我走。

應用會話十

A：味道有點酸耶！

B：是的，因為放了一點檸檬，所以味道酸。

應用會話十一

A：顧客，請您坐在這裡等候。

B：好的，謝謝。

單字	
갈아타다	【動】ga.ra.ta.da　換車／轉車
같다	【形】gat.da　一樣／相同
방향	【名】bang.hyang　方向
따라오다	【動】da.ra.o.da　跟著來
시다	【形】si.da　酸
레몬	【名】re.mon　檸檬
넣다	【動】no*.ta　放入
고객	【名】go.ge*k　顧客／客人

應用會話十二

A：我頭好痛。

B：那你去醫院看醫生吧。

應用會話十三

A：漫畫你是買來看的嗎？

B：不，我是向朋友借來看的。

應用會話十四

A：這裡人很多呢！

B：因為是星期日，遊樂園的人當然多囉！

應用會話十五

A：我教小提琴。

B：啊～原來您是小提琴老師啊！

單字		
병원	【名】	byo*ng.won　醫院
의사	【名】	ui.sa　醫生
빌리다	【動】	bil.li.da　借
놀이동산	【名】	no.ri.dong.san　遊樂園
바이올린	【名】	no.ri.dong.san　小提琴

－아요 尊敬型終結語尾

語法說明

1 為對聽話者表示尊敬的終結語尾，和格式體尊敬形的「(ㅂ)습니다」相比，雖然較不正式，卻是韓國人日常生活中最常用的尊敬形態。
2 可以使用在敘述句和疑問句上，若使用在疑問句上，句尾音調要上揚。
3 接在動詞、形容詞後方，當語幹的母音是「ㅏ. ㅗ」時，就接아요。
例如：만나다(見面)＋아요→만나요
보다(看)＋아요→봐요

應用句

1 공포 영화를 봐요?
gong.po/yo*ng.hwa.reul/bwa.yo

2 우리는 바닷가에 가요.
u.ri.neun/ba.dat.ga.e/ga.yo

3 엄마는 무와 배추를 사요.
o*m.ma.neun/mu.wa/be*.chu.reul/ssa.yo

4 친구는 휴가 때 여행을 가요.
chin.gu.neun/hyu.ga/de*/yo*.he*ng.eul/ga.yo

5 오늘은 바빠요?
o.neu.reun/ba.ba.yo

6 세월이 너무 빨라요.
se.wo.ri/no*.mu/bal.la.yo

中譯

1 你看恐怖片嗎？
2 我們去海邊。
3 媽媽買蘿蔔和白菜。
4 朋友休假時去旅行。
5 你今天忙嗎？
6 日子過得很快。

單字

공포	【名】gong.po 恐怖
바닷가	【名】bil.li.da 海邊
무	【名】mu 白蘿蔔
배추	【名】be*.chu 白菜
휴가	【名】hyu.ga 休假
때	【名】de* 時候／時機
여행을 가다	【詞組】yo*.he*ng.eul/ga.da 去旅行
세월	【名】se.wol 歲月／日子

－어요 尊敬型終結語尾

語法說明

❶ 為對聽話者表示尊敬的終結語尾，可以使用在敍述句和疑問句上，若使用在疑問句上，句尾音調要上揚。

❷ 接在動詞或形容詞語幹後方，若語幹的母音不是「ㅏ. ㅗ」時，就接「어요」。

例如：주다(給)＋어요→줘요

먹다(吃)＋어요→먹어요

❸ 接在過去式았/었後方時，一律接「어요」。

例如：가다(去)＋았＋어요→갔어요

배우다(學)＋었＋어요→배웠어요

應用句

1 콜라 한 캔을 마셔요.

kol.la/han/ke*.neul/ma.syo*.yo

2 아침에 얼굴을 씻어요.

a.chi.me/o*l.gu.reul/ssi.so*.yo

3 누나가 방에서 울어요.

nu.na.ga/bang.e.so*/u.ro*.yo

4 손님이 오셨어요?
son.ni.mi/o.syo*.sso*.yo

5 이번 주말에 집에서 쉬어요.
i.bo*n/ju.ma.re/ji.be.so*/swi.o*.yo

6 숙제를 선생님께 드렸어요.
suk.jje.reul/sso*n.se*ng.nim.ge/deu.ryo*.sso*.yo

中譯

1 喝一罐可樂。
2 早上洗臉。
3 姊姊在房間哭。
4 客人來了嗎？
5 這個週末在家裡休息。
6 作業交給老師了。

單字

콜라	【名】kol.la	可樂
캔	【量】【名】ke*n	（一）罐／罐子
얼굴	【名】o*l.gul	臉
씻다	【動】ssit.da	洗／清洗
울다	【動】ul.da	哭
손님	【名】son.nim	客人
이번	【名】i.bo*n	這次
쉬다	【動】swi.da	休息
드리다	【動】deu.ri.da	給／呈上（주다的敬語）

－여요 尊敬型終結語尾

語法説明

1 為對聽話者表示尊敬的終結語尾，可以使用在敍述句和疑問句上，若使用在疑問句上，句尾音調要上揚。

2 接在動詞或形容詞語幹後方，若是**하다**類的詞彙，就接「여요」，兩者會結合成「**해요**」的型態。

例如：운전하다(開車)＋여요→운전해요
건강하다(健康)＋여요→건강해요

應用句

1 누나는 아침에도 샤워를 해요.
nu.na.neun/a.chi.me.do/sya.wo.reul/he*.yo

2 나는 동물을 좋아해요.
na.neun/dong.mu.reul/jjo.a.he*.yo

3 지금 뭐 해요?
ji.geum/mwo/he*.yo

4 동생은 올해 유월에 졸업해요.
dong.se*ng.eun/ol.he*/yu.wo.re/jo.ro*.pe*.yo

5 민호 씨 주말에도 출근해요?
min.ho/ssi/ju.ma.re.do/chul.geun.he*.yo

6 이따가 다시 전화해요.
i.da.ga/da.si/jo*n.hwa.he*.yo

中譯

1 姊姊早上也沖澡。
2 我喜歡動物。
3 你現在在做什麼？
4 弟弟今年六月畢業。
5 民浩你週末也要上班嗎？
6 等一下再打電話。

單字

샤워	【名】	sya.wo	洗澡／淋浴
동물	【名】	dong.mul	動物
올해	【名】	ol.he*	今年
유월	【名】	yu.wol	六月
졸업하다	【動】	jo.ro*.pa.da	畢業
출근하다	【動】	chul.geun.ha.da	上班
이따가	【副】	i.da.ga	等一下
전화하다	【動】	jo*n.hwa.ha.da	打電話

－예요／이에요 尊敬型終結語尾

語法說明

❶ 當尊敬型終結語尾「아/어요」遇到敍述格助詞이다時，會變成「예요」或「이에요」的型態。

❷ 當이다前面的名詞以母音結束，就接예요；當이다前面的名詞是以子音結束，則接이에요。

例如：친구(朋友)＋예요→친구예요

학생(學生)＋이에요→학생이에요

❸ 當「아/어요」遇到아니다時，會變成「아니에요」的型態。

應用句

1 나는 박세영이에요.

na.neun/bak.sse.yo*ng.i.e.yo

2 그녀는 내 딸이에요.

geu.nyo*.neun/ne*/da.ri.e.yo

3 그것은 선풍기예요.

geu.go*.seun/so*n.pung.gi.ye.yo

4 이것은 연필이 아니고 볼펜이에요.

i.go*.seun/yo*n.pi.ri/a.ni.go/bol.pe.ni.e.yo

5 이것은 속옷이 아니에요.

i.go*.seun/so.go.si/a.ni.e.yo

6 여기는 선생님 댁이 아니에요?

yo*.gi.neun/so*n.se*ng.nim/de*.gi/a.ni.e.yo

中譯

1 我是朴世英。

2 她是我女兒。

3 那是電風扇。

4 這不是鉛筆而是原子筆。

5 這不是內衣。

6 這裡不是老師的家嗎？

單字

딸	【名】	dal	女兒
선풍기	【名】	so*n.pung.gi	電風扇
연필	【名】	yo*n.pil	鉛筆
볼펜	【名】	bol.pen	原子筆
속옷	【名】	so.got	內衣
댁	【名】	de*k	家（집的敬語）

－에게／한테 給…／向…／朝…

語法説明

1 表示行為的歸著點，接在表示人或動物的有情名詞後方。
2 相當於中文的「給…／向…／朝…」。
3 에게在口語及書面體中接可使用，한테則主要使用在口語之中。
4 에게的敬語是「께」。

應用句

1 부모님이 동생에게 용돈을 주었어요.
bu.mo.ni.mi/dong.se*ng.e.ge/yong.do.neul/jju.o*.sso*.yo

2 이것을 누구에게 선물합니까?
i.go*.seul/nu.gu.e.ge/so*n.mul.ham.ni.ga

3 고향 친척에게 전화해요.
go.hyang/chin.cho*.ge.ge/jo*n.hwa.he*.yo

4 그 학생이 나한테 와요.
geu/hak.sse*ng.i/na.han.te/wa.yo

5 선배가 나에게 영어를 가르쳐요.

so*n.be*.ga/na.e.ge/yo*ng.o*.reul/ga.reu.cho*.yo

6 아주머님께 특산물을 드립니다.

a.ju.mo*.nim.ge/teuk.ssan.mu.reul/deu.rim.ni.da

中譯

1 爸媽給了弟弟零用錢。

2 這個要送給誰呢？

3 打電話給故鄉的親戚。

4 那個學生向我走來。

5 前輩教我英語。

6 給阿姨名產。

單字

용돈	【名】	yong.don	零用錢
선물하다	【動】	so*n.mul.ha.da	贈送／送禮
친척	【名】	chin.cho*k	親戚
선배	【名】	so*n.be*	前輩／學長姊
아주머님	【名】	a.ju.mo*.nim	阿姨
특산물	【名】	teuk.ssan.mul	名產／特產

－아/어서 …然後…

語法說明

❶ 接在動詞語幹後方，表示動作在時間上的前後關係，也就是前面的子句動作發生之後，才會發生後面子句的動作。
❷ 相當於中文的「…然後…」。
❸ 此句型的前後兩個動作有極為密切的關係。

應用句

1 시장에 가서 돼지고기를 샀어요.
si.jang.e/ga.so*/dwe*.ji.go.gi.reul/ssa.sso*.yo

2 커피 우유를 사서 마셨어요.
ko*.pi/u.yu.reul/ssa.so*/ma.syo*.sso*.yo

3 친구를 만나서 저녁을 먹었어요.
chin.gu.reul/man.na.so*/jo*.nyo*.geul/mo*.go*.sso*.yo

4 돈을 벌어서 집을 살 거예요.
do.neul/bo*.ro*.so*/ji.beul/ssal/go*.ye.yo

5 한국에 가서 한국어를 공부했습니다.
han.gu.ge/ga.so*/han.gu.go*.reul/gong.bu.he*t.sseum.ni.da

6 반 친구한테 교과서를 빌려서 읽었어요.
ban/chin.gu.han.te/gyo.gwa.so*.reul/bil.lyo*.so*/il.go*.sso*.yo

中譯

1 去市場買了豬肉。
2 買了咖啡牛奶來喝。
3 跟朋友見面，然後(一起)吃晚餐。
4 賺錢後要買房子。
5 去韓國學習了韓國語。
6 向班上同學借教科書來讀了。

單字

시장	【名】	si.jang	市場
돼지고기	【名】	dwe*.ji.go.gi	豬肉
커피	【名】	ko*.pi	咖啡
우유	【名】	u.yu	牛奶
돈을 벌다	【詞組】	do.neul/bo*l.da	賺錢
반 친구	【名】	ban/chin.gu	班上同學
교과서	【名】	gyo.gwa.so*	教科書
빌리다	【動】	bil.li.da	借

–군요 …啊！／…耶！

語法說明

1 表示說話者說明自己所新發現的事實，或說明自己的新感受時使用，帶有驚訝、感嘆的語感。

2 相當於中文的「…啊！／…耶！」。

3 形容詞語幹後方接「**군요**」；動詞語幹後方接「**는군요**」。

4 過去式**았/었**後方接「**군요**」；未來式**겠**後方接「**군요**」。

應用句

1 오늘 참 춥군요.
o.neul/cham/chup.gu.nyo

2 어머, 눈이 오는군요.
o*.mo*/nu.ni/o.neun.gu.nyo

3 저 분이 이사님이시군요.
jo*/bu.ni/i.sa.ni.mi.si.gu.nyo

4 벌써 열두 시가 되었군요.
bo*l.sso*/yo*l.du/si.ga/dwe.o*t.gu.nyo

5 내일은 비가 오겠군요.

ne*.i.reun/bi.ga/o.get.gu.nyo

6 김치를 잘 먹는군요.

gim.chi.reul/jjal/mo*ng.neun.gu.nyo

中譯

1 今天真冷耶！

2 哎呀，在下雪呢！

3 原來那位是理事啊！

4 已經十二點了啊！

5 明天會下雨啊！

6 你很能吃泡菜呢！

單字

정말	【副】	jo*ng.mal	真的
춥다	【形】	chup.da	冷
이사	【名】	i.sa	理事／董事
벌써	【副】	bo*l.sso*	已經
되다	【動】	dwe.da	到了／成為
잘	【副】	jal	好好地／擅長

117

－(으)세요 請你(做)…

語法說明

❶ 使用於祈使句表達命令，接在動詞後方，表示有禮貌地請求對方做某事，相當於中文的「請你(做)…」。
❷ 當動詞語幹以母音結束時，就使用「**세요**」；當動詞語幹以子音結束時，就使用「**으세요**」。
❸ 可以和副詞「**좀**」一起使用，在命令句中表示「微婉的請求」，帶有「讓步、客氣」的語感。
❹ 「**－지 마세요**」是(으)**세요**的否定型，表示有禮貌地請求對方不要做某事。

應用句

1 돈 좀 주세요.
don/jom/ju.se.yo

2 동화책을 읽으세요.
dong.hwa.che*.geul/il.geu.se.yo

3 인형을 사 주세요.
in.hyo*ng.eul/ssa/ju.se.yo

4 택시를 타세요.
te*k.ssi.reul/ta.se.yo

5 메뉴 좀 주세요.
me.nyu/jom/ju.se.yo

6 바다에서 수영하지 마세요.
ba.da.e.so*/su.yo*ng.ha.ji/ma.se.yo

中譯

1 請給我點錢。
2 請念故事書。
3 請買娃娃給我。
4 請搭計程車。
5 請給我菜單。
6 請不要在海邊游泳。

單字

동화책	【名】dong.hwa.che*k　童話書／故事書
읽다	【動】ik.da　閱讀／朗誦
인형	【名】in.hyo*ng　娃娃／人偶
택시를 타다	【詞組】te*k.ssi.reul/ta.da　搭計程車
메뉴	【名】me.nyu　菜單
주다	【名】ju.da　給／給予
바다	【名】ba.da　海
수영하다	【動】su.yo*ng.ha.da　游泳

118

《ㅂ不規則變化》

語法說明

1 語幹以ㅂ結束的部分詞彙，遇到以母音開頭的語尾時，ㅂ會變成「우」。

例如：가깝다(近)＋아요→가까우＋어요→가까워요

2 有兩個例外的詞彙「돕다(幫助)」和「곱다(漂亮)」，遇到以母音開頭的語尾時， 會變成「오」。

例如：돕다(幫助)＋아요→도오＋아요→도와요
곱다(漂亮)＋아요→고오＋아요→고와요

3 屬於ㅂ不規則變化的相關詞彙有「어렵다(困難)」、「쉽다(容易)」、「맵다(辣)」、「귀엽다(可愛)」、「굽다(烤)」、「가볍다(輕)」等。

應用句

1 돈을 줘서 고마워요.
do.neul/jjwo.so*/go.ma.wo.yo

2 가족들이 그리워요.
ga.jok.deu.ri/geu.ri.wo.yo

3 누워서 책을 봐요.
nu.wo.so*/che*.geul/bwa.yo

4 그 사람이 미워요.
geu/sa.ra.mi/mi.wo.yo

5 호랑이가 무서워요.
ho.rang.i.ga/mu.so*.wo.yo

6 우롱차가 뜨거우니 조심히 드세요.
u.rong.cha.ga/deu.go*.u.ni/jo.sim.hi/deu.se.yo

中譯

1 謝謝你給我錢。
2 想念家人。
3 躺著看書。
4 討厭那個人。
5 老虎很可怕。
6 烏龍茶很燙，請小心品嘗。

單字

가족　【名】ga.jok　家人／家族
그립다　【形】geu.rip.da　想念／思念
눕다　【動】nup.da　躺／臥
호랑이　【名】ho.rang.i　老虎
무섭다　【形】mu.so*p.da　可怕／恐怖
우롱차　【名】u.rong.cha　烏龍茶
뜨겁다　【形】deu.go*p.da　燙／熱
조심히　【副】jo.sim.hi　小心地

《ㄷ不規則變化》

語法說明

❶ 詞尾以「ㄷ」結束的小部分詞彙，後面遇上母音時，ㄷ要變成「ㄹ」。

例如：묻다(問)＋어요→물＋어요→물어요

듣다(聽)＋어요→들＋어요→들어요

❷ 屬於ㄷ不規則變化的詞彙有「걷다(走路)」、「듣다(聽)」、「묻다(問)」、「일컫다(稱為)」、「깨닫다(領悟)」、「싣다(裝載)」等。

應用句

1 우리 좀 걸을까요?
u.ri/jom/go*.reul.ga.yo

2 잘 들으세요.
jal/deu.reu.se.yo

3 그 얘기 들었어요?
geu/ye*.gi/deu.ro*.sso*.yo

4 선생님께 물어보세요.
so*n.se*ng.nim.ge/mu.ro*.bo.se.yo

5 저 드디어 깨달았어요.
jo*/deu.di.o*/ge*.da.ra.sso*.yo

6 나는 매일 걸어서 집에 돌아가요.
na.neun/me*.il/go*.ro*.so*/ji.be/do.ra.ga.yo

中譯

1 我們走走好嗎？
2 請仔細聽好。
3 那件事你聽說了嗎？
4 請你去問問老師。
5 我終於明白了。
6 我每天走路回家。

單字

걷다	【動】go*t.da　走路
듣다	【動】deut.da　聽
얘기	【名】ye*.gi　故事／話
물어보다	【動】mu.ro*.bo.da　問看看
드디어	【副】deu.di.o*　終於
깨닫다	【動】ge*.dat.da　覺悟／領悟
매일	【名】【副】me*.il　每天
집에 돌아가다	【詞組】ji.be/do.ra.ga.da　回家

國家／首都／語言

	도시 都市	사람 人	언어 語言
중국 jung.guk 中國	북경 buk.gyo*ng 北京	중국 사람 jung.guk/sa.ram 中國人	중국어 jung.gu.go* 中國語
대만 de*.man 台灣	타이페이 ta.i.pe.i 台北	대만 사람 de*.man/sa.ram 台灣人	중국어 jung.gu.go* 中國語
한국 han.guk 韓國	서울 so*.ul 首爾	한국 사람 han.guk/sa.ram 韓國人	한국어 han.gu.go* 韓語
일본 il.bon 日本	도쿄 do.kyo 東京	일본 사람 il.bon/sa.ram 日本人	일본어 il.bo.no* 日本語
미국 mi.guk 美國	뉴욕 nyu.yok 紐約	미국 사람 mi.guk/sa.ram 美國人	영어 yo*ng.o* 英語
러시아 ro*.si.a 俄羅斯	모스코바 mo.seu.ko.ba 莫斯科	러시아 사람 ro*.si.a/sa.ram 俄國人	러시아어 ro*.si.a.o* 俄語
독일 do.gil 德國	베를린 be.reul.lin 柏林	독일 사람 do.gil/sa.ram 德國人	독일어 do.gi.ro* 德語
프랑스 peu.rang.seu 法國	파리 pa.ri 巴黎	프랑스 사람 peu.rang.seu/sa.ram 法國人	프랑스어 peu.rang.seu.o* 法語

	도시 都市	사람 人	언어 語言
이탈리아 i.tal.li.a 義大利	로마 ro.ma 羅馬	이탈리아 사람 i.tal.li.a/sa.ram 義大利人	이탈리아어 i.tal.li.a.o* 義大利語
스페인 seu.pe.in 西班牙	마드리드 ma.deu.ri.deu 馬德里	스페인 사람 seu.pe.in/sa.ram 西班牙人	스페인어 seu.pe.i.no* 西班牙語
포르투갈 po.reu.tu.gal 葡萄牙	리스본 ri.seu.bon 里斯本	포르투갈 사람 po.reu.tu.gal/ssa.ram 葡萄牙人	포르투갈어 po.reu.tu.ga.ro* 葡萄牙語
태국 te*.guk 泰國	방콕 bang.kok 曼谷	태국 사람 te*.guk/sa.ram 泰國人	태국어 te*.gu.go* 泰國語

122

제 7 과

저는 매운 것을 잘 못 먹어요.

jo*.neun/me*.un/go*.seul/jjal/mot/mo*.go*.yo

응용회화1

A：밤에 비가 올 것 같아요.

ba.me/bi.ga/ol/go*t/ga.ta.yo

B：오늘 우산을 안 가지고 왔는데 어떡해요?

o.neul/u.sa.neul/an/ga.ji.go/wan.neun.de/o*.do*.ke*.yo

응용회화2

A：혼자서 호텔에 갈 수 있어요?

hon.ja.so*/ho.te.re/gal/ssu/i.sso*.yo

B：걱정하지 마세요. 호텔에 가는 길을 잘 알아요.

go*k.jjo*ng.ha.ji/ma.se.yo//ho.te.re/ga.neun/gi.reul/jjal/a.ra.yo

응용회화3

A：할인해 주시면 제가 사겠습니다.

ha.rin.he*/ju.si.myo*n/je.ga/sa.get.sseum.ni.da

B：죄송합니다만 이 값은 이미 할인된 가격입니다.

jwe.song.ham.ni.da.man/i/gap.sseun/i.mi/ha.rin.dwen/ga.gyo*.gim.ni.da

응용회화4

A：할아버지께서 입원하셔서 만나지 못해요.

ha.ra.bo*.ji.ge.so*/i.bwon.ha.syo*.so*/man.na.ji/mo.te*.yo

B：그럼 할아버지께서 언제 퇴원하실 수 있으세요?

geu.ro*m/ha.ra.bo*.ji.ge.so*/o*n.je/twe.won.ha.sil/su/i.sseu.se.yo

응용회화5

A：어서 오세요. 뭘 찾으세요?

o*.so*/o.se.yo//mwol/cha.jeu.se.yo

B：친구에게 줄 선물을 찾고 있습니다.

chin.gu.e.ge/jul/so*n.mu.reul/chat.go/it.sseum.ni.da

응용회화6

A：어제 준영 씨한테 전화했는데, 집에 없었어요.

o*.je/ju.nyo*ng/ssi.han.te/jo*n.hwa.he*n.neun.de//ji.be/o*p.sso*.sso*.yo

B：그럼 점심 때 다시 전화해 보세요.

geu.ro*m/jo*m.sim/de*/da.si/jo*n.hwa.he*/bo.se.yo

응용회화7

A：왜 안 사요?

we*/an/sa.yo

B：목걸이가 예쁜데 너무 비싸요.

mok.go*.ri.ga/ye.beun.de/no*.mu/bi.ssa.yo

응용회화8

A：이것으로 다른 색상도 있습니까?

i.go*.seu.ro/da.reun/se*k.ssang.do/it.sseum.ni.ga

B：검정색, 흰색, 분홍색 등이 있습니다.

go*m.jo*ng.se*k/hin.se*k/bun.hong.se*k/deung.i/it.sseum.ni.da

응용회화9

A：누가 컵을 깼어요?

nu.ga/ko*.beul/ge*.sso*.yo

B：아마 지영이가 깼을 거예요.

a.ma/ji.yo*ng.i.ga/ge*.sseul/go*.ye.yo

응용회화10

A：같이 설악산에 갈 사람 또 있습니까?

ga.chi/so*.rak.ssa.ne/gal/ssa.ram/do/it.sseum.ni.ga

B：아마 민수 씨도 같이 갈 겁니다.

a.ma/min.su/ssi.do/ga.chi/gal/go*m.ni.da

응용회화11

A：누구예요?

nu.gu.ye.yo

B：아마 지우 씨일 거예요.

a.ma/ji.u/ssi.il/go*.ye.yo

응용회화12

A：무슨 색깔을 선택하셨습니까?

mu.seun/se*k.ga.reul/sso*n.te*.ka.syo*t.sseum.ni.ga

B：파란색과 까만색을 선택했습니다.

pa.ran.se*k.gwa/ga.man.se*.geul/sso*n.te*.ke*t.sseum.ni.da

응용회화13

A：지진 때문에 많은 집들이 무너졌어요.

ji.jin/de*.mu.ne/ma.neun/jip.deu.ri/mu.no*.jo*.sso*.yo

B：지진이 발생한 지역이 어디예요?

ji.ji.ni/bal.sse*ng.han/ji.yo*.gi/o*.di.ye.yo

응용회화14

A：오늘 왜 카메라를 가지고 다녀요?

o.neul/we*/ka.me.ra.reul/ga.ji.go/da.nyo*.yo

B：고향 친구가 여기에 왔기 때문에 같이 사진을 찍으려고요.

go.hyang/chin.gu.ga/yo*.gi.e/wat.gi/de*.mu.ne/ga.chi/sa.ji.neul/jji.geu.ryo*.go.yo

응용회화15

A：왜 계속 자고 있어요?

we*/gye.sok/ja.go/i.sso*.yo

B：감기에 걸렸기 때문에 잠만 자고 싶어요.

gam.gi.e/go*l.lyo*t.gi/de*.mu.ne/jam.man/ja.go/si.po*.yo

第7課

我不太會吃辣的東西。

應用會話一

A：晚上好像會下雨。

B：我今天沒帶雨傘來，怎麼辦？

應用會話二

A：你可以一個人回飯店嗎？

B：別擔心，我很清楚回飯店的路。

應用會話三

A：如果您打折給我，我就買。

B：對不起，這個價格已經是打折後的價格了。

單字	
밤	【名】bam　晚上
우산을 가지다	【詞組】u.sa.neul/ga.ji.da　攜帶雨傘
어떡하다	【動】o*.do*.ka.da 怎麼做／怎麼辦（어떠하게 하다的略語）
혼자서	【副】hon.ja.so*　獨自／一個人
길	【名】gil　路
할인하다	【動】ha.rin.ha.da　打折
이미	【副】i.mi　已經
가격	【名】ga.gyo*k　價格

應用會話四

A：爺爺住院了，所以見不到面。
B：那爺爺什麼時候可以出院呢？

應用會話五

A：歡迎光臨！您要找什麼？
B：我在找送給朋友的禮物。

應用會話六

A：昨天我打電話給俊英，但他不在家。
B：那中午的時候，你再打電話看看。

應用會話七

A：你為什麼不買？
B：項鍊很漂亮，但是太貴了。

單字			
입원하다	【動】	i.bwon.ha.da	住院
그럼	【副】	geu.ro*m	那麼
퇴원하다	【動】	twe.won.ha.da	出院
어서 오세요	【慣】	o*.so*/o.se.yo	歡迎光臨
점심	【名】	jo*m.sim	中午／午餐
다시	【副】	da.si	再次／又
목걸이	【名】	mok.go*.ri	項鍊

應用會話八

A：這個有其他顏色嗎？

B：有黑色、白色、粉紅色等。

應用會話九

A：誰打破杯子的？

B：大概是智英打破的。

應用會話十

A：還有人要一起去雪嶽山嗎？

B：大概民秀也會一起去。

應用會話十一

A：是誰？

B：大概是智友。

單字		
색상	【名】se*k.ssang	色相／顏色
검정색	【名】go*m.jo*ng.se*k	黑色
흰색	【名】hin.se*k	白色
분홍색	【名】bun.hong.se*k	粉紅色
등	【助】deung	等
컵을 깨다	【詞組】ko*.beul/ge*.da	打破杯子
또	【副】do	又

應用會話十二

A：您選了什麼顏色？

B：我選了藍色和黑色。

應用會話十三

A：因為地震很多房子都倒塌了。

B：地震發生的地區在哪裡？

應用會話十四

A：你今天為什麼隨身帶著相機呢？

B：因為故鄉的朋友過來這裡，所以想一起拍照。

應用會話十五

A：你為什麼一直睡覺呢？

B：因為我感冒了，所以只想睡覺。

單字	
선택하다	【動】so*n.te*.ka.da　選擇
파란색	【名】pa.ran.se*k　藍色
까만색	【名】ga.man.se*k　黑色
지진	【名】ji.jin　地震
무너지다	【動】mu.no*.ji.da　倒塌
발생하다	【動】bal.sse*ng.ha.da　發生
계속	【副】gye.sok　一直／連續／老是
감기에 걸리다	【詞組】gam.gi.e/go*l.li.da　感冒
잠을 자다	【詞組】ja.meul/jja.da　睡覺

－지 못하다 不能…／無法…

語法説明

❶ 接在動詞語幹後方，表示沒有能力或因外在因素而無法做某事。

❷ 相當於中文的「不能…／無法…」。

❸ 也可以將有否定意思的副詞「못」接在動詞前方，和「－지 못하다」的意義相同。

應用句

1 급한 일이 생겨서 출근 못 해요.
geu.pan/i.ri/se*ng.gyo*.so*/chul.geun/mot/he*.yo

2 오늘은 회사에 가지 못해요.
o.neu.reun/hwe.sa.e/ga.ji/mo.te*.yo

3 샌들이 작아서 못 신어요.
se*n.deu.ri/ja.ga.so*/mot/si.no*.yo

4 이가 아파서 아무것도 못 먹어요.
i.ga/a.pa.so*/a.mu.go*t.do/mot/mo*.go*.yo

5 나는 한국어를 하지 못해요.
na.neun/han.gu.go*.reul/ha.ji/mo.te*.yo

6 죄송합니다. 도와 드리지 못합니다.
jwe.song.ham.ni.da//do.wa/deu.ri.ji/mo.tam.ni.da

中譯

1 有急事，沒辦法去上班。
2 今天我不能去公司。
3 涼鞋小，沒辦法穿。
4 牙齒痛，什麼也不能吃。
5 我不會講韓語。
6 對不起，我沒辦法幫你。

單字

급하다	【形】	geu.pa.da	急／緊急
생기다	【動】	se*ng.gi.da	產生／出現
샌들	【名】	se*n.deul	涼鞋
작다	【形】	jak.da	小
이	【名】	i	牙齒
아무것도	【慣】	a.mu.go*t.do	什麼也／任何也
돕다	【動】	dop.da	幫助

－(으)면 如果…的話…

語法説明

1 為連接語尾，接在動詞、形容詞或이다後方，表示條件或假設。

2 相當於中文的「如果…的話…」。

3 當語幹以母音或ㄹ結束時，就接면；當語幹以子音結束時，就接으면。

應用句

1 대학생이 되면 아르바이트를 하고 싶어요.

de*.hak.sse*ng.i/dwe.myo*n/a.reu.ba.i.teu.reul/ha.go/si.po*.yo

2 공항에 도착하면 전화해 주십시오.

gong.hang.e/do.cha.ka.myo*n/jo*n.hwa.he*/ju.sip.ssi.o

3 내가 결혼하면 아이 둘을 낳을 거예요.

ne*.ga/gyo*l.hon.ha.myo*n/a.i/du.reul/na.eul/go*.ye.yo

4 돈 있으면 세계 여행을 하고 싶어요.

don/i.sseu.myo*n/se.gye/yo*.he*ng.eul/ha.go/si.po*.yo

5 내일 비가 오면 집에서 쉴 거예요.
ne*.il/bi.ga/o.myo*n/ji.be.so*/swil/go*.ye.yo

6 그녀가 오면 이 꽃을 전해 주세요.
geu.nyo*.ga/o.myo*n/i/go.cheul/jjo*n.he*/ju.se.yo

中譯

1 如果當上大學生，我想打工。
2 抵達機場的話，請打電話給我。
3 我結婚的話，要生兩個小孩。
4 有錢的話，我想環遊世界。
5 如果明天下雨的話，我會在家休息。
6 如果她來的話，請把這花交給她。

單字

되다	【動】dwe.da　成為／變成
아르바이트	【名】a.reu.ba.i.teu　打工
공항	【名】gong.hang　機場
도착하다	【動】do.cha.ka.da　抵達
낳다	【動】na.ta　生產
세계	【名】se.gye　世界
쉬다	【動】swi.da　休息／歇息
꽃	【名】got　花
전하다	【動】jo*n.ha.da　傳遞／轉交

132

－(으)ㄹ 수 있다 可以…／會…

語法說明

1 接在動詞語幹後方，表示某人有做某事的「能力」或「可能性」。

2 相當於中文的「可以…／會…」。

3 當動詞語幹以母音結束時，就接「－ㄹ 수 있다」；當動詞語幹以子音結束時，就接「－을 수 있다」。

4 也可以在수的後方，加上助詞가，表示「強調」的意味。

5 若要表示某人沒有能力或無法做某事時，則使用否定型「－(으)ㄹ 수 없다」。

應用句

1 지금 전화를 받을 수 있으세요?

ji.geum/jo*n.hwa.reul/ba.deul/ssu/i.sseu.se.yo

2 나도 프랑스어를 할 수 있어요.

na.do/peu.rang.seu.o*.reul/hal/ssu/i.sso*.yo

3 이 문을 열 수가 없어요.

i/mu.neul/yo*l/su.ga/o*p.sso*.yo

4 술을 먹어서 운전할 수 없어요.

su.reul/mo*.go*.so*/un.jo*n.hal/ssu/o*p.sso*.yo

5 길이 막혀서 제시간에 도착할 수 없어요.
gi.ri/ma.kyo*.so*/je.si.ga.ne/do.cha.kal/ssu/o*p.sso*.yo

6 여기서 사진을 찍을 수 있습니다.
yo*.gi.so*/sa.ji.neul/jji.geul/ssu/it.sseum.ni.da

中譯

1 您現在可以接電話嗎？
2 我也會講法語。
3 這個門打不開。
4 因為喝了酒，不能開車。
5 路上塞車，無法準時抵達。
6 可以在這裡拍照。

單字

전화를 받다	【詞組】jo*n.hwa.reul/bat.da	接電話
프랑스어	【名】peu.rang.seu.o*	法國語
열다	【動】yo*l.da	打開（門／窗戶）
길	【名】gil	路／路上
막히다	【動】ma.ki.da	堵塞／不通
제시간	【名】je.si.gan	準時／按時
여기서	【慣】yo*.gi.so*	在這裡（여기에서的縮寫）
사진을 찍다	【詞組】sa.ji.neul/jjik.da	拍照

-(으)ㄴ/는/(으)ㄹ 것 같다 好像…

語法説明

1 接在動詞、形容詞或이다後方，表示對某事或某一狀態的推測。
2 相當於中文的「好像…」。
3 動詞語幹過去式接「(으)ㄴ 것 같다」；現在式接「는 것 같다」；未來式接「(으)ㄹ 것 같다」。
4 形容詞語幹後方接「(으)ㄴ 것 같다」。
5 名詞後方接「인 것 같다」。

應用句

1 부장님께서 이미 퇴근한 것 같아요.
bu.jang.nim.ge.so*/i.mi/twe.geun.han/go*t/ga.ta.yo

2 두 사람이 진짜 사귀는 것 같아요.
du/sa.ra.mi/jin.jja/sa.gwi.neun/go*t/ga.ta.yo

3 사장님의 기분이 좋은 것 같습니다.
sa.jang.ni.mui/gi.bu.ni/jo.eun/go*t/gat.sseum.ni.da

4 그 여자는 한국인인 것 같아요.
geu/yo*.ja.neun/han.gu.gi.nin/go*t/ga.ta.yo

5 쌀 값이 내린 것 같아요.

ssal/gap.ssi/ne*.rin/go*t/ga.ta.yo

6 내일 눈이 내릴 것 같아요.

ne*.il/nu.ni/ne*.ril/go*t/ga.ta.yo

中譯

1 部長好像已經下班了。

2 兩個人好像真的在交往。

3 社長的心情好像很好。

4 那個女生好像是韓國人。

5 米價好像下跌了。

6 明天好像會下雪。

單字

이미	【副】	i.mi	已經
퇴근하다	【動】	twe.geun.ha.da	下班
진짜	【副】	jin.jja	真的
사귀다	【動】	sa.gwi.da	交往／交友
기분이 좋다	【詞組】	gi.bu.ni/jo.ta	心情好
한국인	【名】	han.gu.gin	韓國人
쌀	【名】	ssal	米
값이 내리다	【詞組】	gap.ssi/ne*.ri.da	價格下降
눈이 내리다	【詞組】	nu.ni/ne*.ri.da	下雪

-(으)ㄴ/는데 對立

語法說明

1 為連接語尾，接在動詞、形容詞或이다 後方，表示「對立」。
2 相當於中文的「但是…／然而…」。
3 當形容詞語幹以母音結束時，使用ㄴ데；形容詞語幹以子音結束時，使用은데。
4 接在動詞語幹後方時，現在式、過去式都使用는데。
5 接在「있다」和「없다」之後時，也使用는데。

應用句

1 공부는 잘하는데 운동을 못 해요.
gong.bu.neun/jal.ha.neun.de/un.dong.eul/mot/he*.yo

2 새 옷을 사고 싶은데 돈이 없어요.
se*/o.seul/ssa.go/si.peun.de/do.ni/o*p.sso*.yo

3 국어는 쉬운데 수학은 어려워요.
gu.go*.neun/swi.un.de/su.ha.geun/o*.ryo*.wo.yo

4 눈은 큰데 입은 작아요.
nu.neun/keun.de/i.beun/ja.ga. yo

5 버스를 기다리는데 버스가 안 와요.

bo*.seu.reul/gi.da.ri.neun.de/bo*.seu.ga/an/wa.yo

6 실력이 있는데 기회가 없어요.

sil.lyo*.gi/in.neun.de/gi.hwe.ga/o*p.sso*.yo

中譯

1 很會讀書，但不會運動。

2 想買新衣服，但是沒有錢。

3 國語簡單，但數學難。

4 眼睛大，但嘴巴小。

5 在等公車，但公車沒來。

6 有實力但沒機會。

單字

잘하다	【動】	jal.ha.da	做得好／擅長
운동	【名】	un.dong	運動
새	【冠】	se*	新的
국어	【名】	gu.go*	國語
수학	【名】	su.hak	數學
크다	【形】	keu.da	大
버스	【名】	bo*.seu	公車
실력	【名】	sil.lyo*k	實力
기회	【名】	gi.hwe	機會

−(으)ㄴ/는데 背景說明

語法說明

1 為連接語尾，接在動詞、形容詞或이다 後方，表示「說明狀況及背景」。

2 當形容詞語幹以母音結束時，使用ㄴ데；形容詞語幹以子音結束時，使用은데。

3 接在動詞語幹後方時，現在式、過去式都使用는데。

4 接在「있다」和「없다」之後時，也使用는데。

應用句

1 공부하는데 좀 조용히 해 주세요.
gong.bu.ha.neun.de/jom/jo.yong.hi/he*/ju.se.yo

2 배가 고픈데 치킨 시켜 먹을까요?
be*.ga/go.peun.de/chi.kin/si.kyo*/mo*.geul.ga.yo

3 비가 그쳤는데 쇼핑을 갈까요?
bi.ga/geu.cho*n.neun.de/syo.ping.eul/gal.ga.yo

4 시간이 없는데 빨리 일을 끝냅시다.
si.ga.ni/o*m.neun.de/bal.li/i.reul/geun.ne*p.ssi.da

5 전화 왔는데 제가 받을까요?
jo*n.hwa/wan.neun.de/je.ga/ba.deul.ga.yo

6 반지를 사고 싶은데 어디에 있어요?
ban.ji.reul/ssa.go/si.peun.de/o*.di.e/i.sso*.yo

中譯

1 我在讀書，請你安靜一點。
2 肚子餓了，我們點炸雞來吃好嗎？
3 雨停了，我們去購物好嗎？
4 沒時間了，我們快點把工作做完吧。
5 電話響了，我來接嗎？
6 我想買戒指，哪裡有呢？

單字

조용히	【副】jo.yong.hi　安靜地
배가 고프다	【詞組】be*.ga/go.peu.da　肚子餓
치킨	【名】chi.kin　炸雞
시키다	【動】si.ki.da　點菜／點餐
비가 그치다	【詞組】bi.ga/geu.chi.da　雨停
쇼핑을 가다	【詞組】syo.ping.eul/ga.da　去購物／去逛街
끝내다	【動】geun.ne*.da　結束／完成
전화가 오다	【詞組】jo*n.hwa.ga/o.da　電話來／電話響
반지	【名】ban.ji　戒指

−(으)ㄹ 것이다 個人意志

語法説明

❶ 接在動詞後方，當動詞語幹以母音結束或ㄹ結束，就接「−ㄹ 것이다」；若動詞語幹以子音結束，則接「−을 것이다」。
❷ 當主語是第一人稱(我)時，表示「未來的計畫」或「個人意志」，相當於中文的「我要(做)…」。
❸ 若主語是第二人稱(你)時，則使用在疑問句上，相當於中文的「你打算(做)…？」。

應用句

1 노래방에 갈 거예요.
no.re*.bang.e/gal/go*.ye.yo

2 저녁에는 친구들을 우리 집에 초대할 거예요.
jo*.nyo*.ge.neun/chin.gu.deu.reul/u.ri/ji.be/cho.de*.hal/go*.ye.yo

3 저는 집에 있을 거예요.
jo*.neun/ji.be/i.sseul/go*.ye.yo

4 토요일에 어디에 갈 거예요?
to.yo.i.re/o*.di.e/gal/go*.ye.yo

5 하루종일 집에서 공부만 할 겁니까?
ha.ru.jong.il/ji.be.so*/gong.bu.man/hal/go*m.ni.ga

6 어느 자리를 고를 겁니까?
o*.neu/ja.ri.reul/go.reul/go*m.ni.ga

中譯

1 我要去練歌房。
2 晚上我要招待朋友們來家裡。
3 我會在家。
4 星期六你要去哪裡？
5 一整天你都要在家讀書嗎？
6 你要選哪一個位子？

單字

노래방	【名】	no.re*.bang	練歌房／KTV
초대하다	【動】	cho.de*.ha.da	招待
토요일	【名】	to.yo.il	星期六
공부하다	【動】	gong.bu.ha.da	讀書
어느	【冠】	o*.neu	哪一(個)
자리	【名】	ja.ri	位子
고르다	【動】	go.reu.da	挑選

−(으)ㄹ 것이다 推測

語法説明

❶ 接在動詞或形容詞後方，當語幹以母音結束或ㄹ結束，就接「−ㄹ 것이다」；若語幹以子音結束，則接「−을 것이다」。
❷ 當主語為第三人稱(他／它)時，不管後面是接動詞或形容詞，都表示説話者的「推測」。
❸ 相當於中文的「大概／應該會…」。

應用句

1 날씨가 점점 따뜻해질 거예요.
nal.ssi.ga/jo*m.jo*m/da.deu.te*.jil/go*.ye.yo

2 내일은 비가 올 거예요. 뉴스를 봤어요.
ne*.i.reun/bi.ga/ol/go*.ye.yo//nyu.seu.reul/bwa.sso*.yo

3 어머님이 이 선물을 좋아하실 거예요.
o*.mo*.ni.mi/i/so*n.mu.reul/jjo.a.ha.sil/go*.ye.yo

4 아마 근석 씨도 대구에 갈 거예요.
a.ma/geun.so*k/ssi.do/de*.gu.e/gal/go*.ye.yo

5 거기에 사람이 많을 거예요.
go*.gi.e/sa.ra.mi/ma.neul/go*.ye.yo

6 민지는 안 와요? 좀 늦을 거예요. 우리 먼저 가요.
min.ji.neun/an/wa.yo//jom/neu.jeul/go*.ye.yo//u.ri/mo*n.jo*/ga.yo

中譯

1 天氣會漸漸變溫暖。
2 明天會下雨，我看新聞了。
3 媽媽會喜歡這個禮物的。
4 大概根碩也會去大邱吧。
5 那裡人應該很多。
6 旼志不來嗎？她應該會晚一點。我們先去吧。

單字

점점	【副】	jo*m.jo*m	漸漸
따뜻하다	【形】	da.deu.ta.da	溫暖
뉴스	【名】	nyu.seu	電視新聞
아마	【副】	a.ma	大概／也許
대구	【地】	de*.gu	大邱
좀	【副】	jom	一點／稍為
늦다	【形】	neut.da	晚／遲
먼저	【副】	mo*n.jo*	先／首先

138

－기 때문에 因為…／由於…

語法説明

1 接在動詞或形容詞語幹後方，表示原因或理由，這是較文言一點的説法。

2 相當於中文的「因為…／由於…」。

3 不可和命令型或勸誘型一同使用。

4 如果要接在名詞後方，則直接在名詞後方接上「**때문에**」。

應用句

1 그는 성격이 좋기 때문에 친구가 많습니다.

geu.neun/so*ng.gyo*.gi/jo.ki/de*.mu.ne/chin.gu.ga/man.sseum.ni.da

2 시간이 없기 때문에 여행을 갈 수 없어요.

si.ga.ni/o*p.gi/de*.mu.ne/yo*.he*ng.eul/gal/ssu/o*p.sso*.yo

3 보고 싶기 때문에 전화를 했어요.

bo.go/sip.gi/de*.mu.ne/jo*n.hwa.reul/he*.sso*.yo

4 내일부터 시험이 없기 때문에 놀러 가고 싶어요.

ne*.il.bu.to*/si.ho*.mi/o*p.gi/de*.mu.ne/nol.lo*/ga.go/si.po*.yo

5 당신 때문에 난 늘 아파요.
dang.sin/de*.mu.ne/nan/neul/a.pa.yo

6 날씨가 매우 나쁘기 때문에 경기가 연기되었습니다.
nal.ssi.ga/me*.u/na.beu.gi/de*.mu.ne/gyo*ng.gi.ga/yo*n.gi.dwe.o*t.sseum.ni.da

中譯

1 因為他個性好，所以朋友很多。
2 因為沒有時間，所以沒辦法去旅行。
3 因為想念，所以打了電話。
4 因為從明天起就沒有考試了，所以想去玩。
5 因為你，我總是很痛苦。
6 因為天氣很差，所以比賽延期了。

單字

성격	【名】	so*ng.gyo*k	個性／性格
놀다	【動】	nol.da	玩
당신	【代】	dang.sin	您／夫妻之間用語
늘	【副】	neul	時常／總是
아프다	【形】	a.peu.da	痛／不舒服
매우	【副】	me*.u	非常／很
나쁘다	【形】	na.beu.da	差／壞
경기	【名】	gyo*ng.gi	競賽／比賽
연기되다	【動】	yo*n.gi.dwe.da	延期

V＋는 N …的…

語法說明

❶ 接在動詞現在式語幹後方，修飾後面出現的名詞，表示正在進行的動作或經常反覆出現的情況。
❷ 相當於中文的「…的…」。
❸ 動詞語幹後方接「－는」。
例如：하다(做)＋는＋일→하는 일(做的事)
먹다(吃)＋는＋음식→먹는 음식(吃的食物)

應用句

1 지금 식사하시는 분이 저희 아버지세요.
ji.geum/sik.ssa.ha.si.neun/bu.ni/jo*.hi/a.bo*.ji.se.yo

2 교실에서 자는 학생의 이름이 뭐예요?
gyo.si.re.so*/ja.neun/hak.sse*ng.ui/i.reu.mi/mwo.ye.yo

3 제가 지금 있는 위치는 어디예요?
je.ga/ji.geum/in.neun/wi.chi.neun/o*.di.ye.yo

4 이것은 제가 찾는 소포가 아닙니다.
i.go*.seun/je.ga/chan.neun/so.po.ga/a.nim.ni.da

5 당신은 내가 사랑하는 사람이에요.
dang.si.neun/ne*.ga/sa.rang.ha.neun/sa.ra.mi.e.yo

6 제일 싫어하는 것이 뭐예요?
je.il/si.ro*.ha.neun/go*.si/mwo.ye.yo

中譯

1 現在在用餐的人是我父親。
2 在教室睡覺的學生叫什麼名字？
3 我現在的位置在哪裡？
4 這個不是我要找的包裹。
5 你是我愛的人。
6 你最討厭的東西是什麼？

單字

식사하다 【動】sik.ssa.ha.da 用餐
이름 【名】i.reum 名字
위치 【名】wi.chi 位置
찾다 【動】chat.da 找尋
소포 【名】so.po 包裹
사랑하다 【動】sa.rang.ha.da 愛
제일 【副】je.il 最／第一
싫어하다 【動】si.ro*.ha.da 討厭

140

V＋(으)ㄴ N …的…

語法説明

1 接在動詞過去式語幹後方，修飾後面出現的名詞，表示該行為在過去已經完成。

2 相當於中文的「…的…」。

3 動詞語幹以母音結束時，接「－ㄴ」；動詞語幹以子音結束時，接「－은」。

例如：하다(做)＋ㄴ＋일→한 일(做過的事)
먹다(吃)＋은＋음식→먹은 음식(吃過的食物)

應用句

1 어제 선 본 여자는 어땠어요?
o*.je/so*n/bon/yo*.ja.neun/o*.de*.sso*.yo

2 아줌마가 만든 된장찌개는 참 맛있었어요.
a.jum.ma.ga/man.deun/dwen.jang.jji.ge*.neun/cham/ma.si.sso*.sso*.yo

3 어제 산 립스틱이 어디에 있어요?
o*.je/san/rip.sseu.ti.gi/o*.di.e/i.sso*.yo

4 지난 번에 한 말이 사실이에요?
ji.nan/bo*.ne/han/ma.ri/sa.si.ri.e.yo

5 이분은 미국에서 온 친구입니다.
i.bu.neun/mi.gu.ge.so*/on/chin.gu.im.ni.da

6 내가 어제 밤에 잔 침대는 누구 거예요?
ne*.ga/o*.je/ba.me/jan/chim.de*.neun/nu.gu/go*.ye.yo

中譯

1 你昨天相親的女生怎麼樣？
2 阿姨煮的味噌湯真好喝。
3 昨天買的口紅在哪裡？
4 上次你說得話是事實嗎？
5 這位是從美國來的朋友。
6 我昨天晚上睡得床是誰的？

單字

선을 보다	【詞組】	so*.neul/bo.da	相親
어떻다	【形】	o*.do*.ta	如何／怎麼樣
아줌마	【名】	a.jum.ma	阿姨
된장찌개	【名】	dwen.jang.jji.ge*	大醬湯／味增湯
참	【副】	cham	真
립스틱	【名】	rip.sseu.tik	口紅
지난번	【名】	ji.nan.bo*n	上次
사실	【名】	sa.sil	事實
침대	【名】	chim.de*	床／床鋪

🎧141

V＋(으)ㄹ N …的…

語法說明

❶ 接在動詞未來式語幹後方，修飾後面出現的名詞，表示動作或行為將要發生。

❷ 相當於中文的「…的…」。

❸ 動詞語幹以母音結束時，接「一ㄹ」；動詞語幹以子音結束時，接「一을」。

例如：하다(做)＋ㄹ＋일→할 일(將要做的事)

먹다(吃)＋을＋음식→먹을 음식(要吃的食物)

應用句

1 다음 주에 배울 것이 뭐예요?
da.eum/ju.e/be*.ul/go*.si/mwo.ye.yo

2 오늘 만날 사람은 누구예요?
o.neul/man.nal/ssa.ra.meun/nu.gu.ye.yo

3 밤에 볼 영화 제목이 뭡니까?
ba.me/bol/yo*ng.hwa/je.mo.gi/mwom.ni.ga

4 전 오늘은 갈 데가 없어요.
jo*n/o.neu.reun/gal/de.ga/o*p.sso*.yo

5 먹을 것이 하나도 없어요.

mo*.geul/go*.si/ha.na.do/o*p.sso*.yo

6 마실 거 좀 주세요.

ma.sil/go*/jom/ju.se.yo

中譯

1 下星期要學的東西是什麼？

2 今天要見的人是誰？

3 晚上要看的電影片名是什麼？

4 我今天沒有地方可以去。

5 吃的東西一樣也沒有。

6 請給我喝的。

單字

다음 주	【名】	da.eum/ju	下週
배우다	【動】	be*.u.da	學習
밤	【名】	bam	晚上
제목	【名】	je.mok	題目／標題
데	【依】	de	地方／情況
없다	【形】	o*p.da	沒有／不在

形容詞＋(으)ㄴ N …的…

語法說明

1 接在形容詞語幹後方，修飾後面出現的名詞，表示事物現在的性質或狀態。

2 相當於中文的「…的…」。

3 形容詞語幹以母音結束時，接「－ㄴ」；形容詞語幹以子音結束時，接「－은」。

例如：흐리다(陰沉)＋ㄴ＋날씨→흐린 날씨(陰沉的天氣)
맑다(晴朗)＋은＋날씨→맑은 날씨(晴朗的天氣)

應用句

1 피부가 하얀 사람이 내 동생이에요.
pi.bu.ga/ha.yan/sa.ra.mi/ne*/dong.se*ng.i.e.yo

2 많은 사람들이 조깅을 좋아합니다.
ma.neun/sa.ram.deu.ri/jo.ging.eul/jjo.a.ham.ni.da

3 귀여운 강아지를 키우고 싶어요.
gwi.yo*.un/gang.a.ji.reul/ki.u.go/si.po*.yo

4 매운 음식을 못 먹어요.
me*.un/eum.si.geul/mot/mo*.go*.yo

5 작은 가방 하나 샀어요.

ja.geun/ga.bang/ha.na/sa.sso*.yo

6 재미있는 소설책 좀 추천해 주세요.

je*.mi.in.neun/so.so*l.che*k/jom/chu.cho*n.he*/ju.se.yo

中譯

1 皮膚白的人是我的妹妹。

2 很多人喜歡慢跑。

3 我想養可愛的小狗。

4 我不敢吃辣的東西。

5 買了一個小包包。

6 請推薦我好看的小說。

單字

피부	【名】	pi.bu	皮膚
조깅	【名】	jo.ging	慢跑
키우다	【動】	ki.u.da	飼養／養育
음식	【名】	eum.sik	食物
재미있다	【形】	je*.mi.it.da	有趣／好玩
소설책	【名】	so.so*l.che*k	小說
추천하다	【動】	chu.cho*n.ha.da	推薦／介紹

《ㅎ不規則變化》

語法説明

1 語幹以ㅎ結束的少數形容詞，遇到母音開頭的語尾時，ㅎ會脱落。

例如：어떻다(如何)＋은→어떠＋ㄴ→어떤(什麼樣的)
하얗다(白)＋은→하야＋ㄴ→하얀(白的)

2 語幹以ㅎ結束的少數形容詞，後面接上아/어的母音語尾時，ㅎ會脱落，同時在語幹的母音上加上「ㅣ」。

例如：어떻다(如何)＋어요→어떠＋ㅣ＋어요→어때요
하얗다(白)＋아요→하야＋ㅣ＋아요→하얘요

3 屬於ㅎ不規則變化的詞彙有「그렇다(那樣)」、「저렇다(那樣)」、「빨갛다(紅)」、「파랗다(藍)」、「하얗다(白)」、「노랗다(黃)」等。

應用句

1 이것이 어때요?
i.go*.si/o*.de*.yo

2 저는 파란 색을 좋아해요.
jo*.neun/pa.ran/se*.geul/jjo.a.he*.yo

3 그러면 출발합시다.
geu.ro*.myo*n/chul.bal.hap.ssi.da

4 어떤 사람을 좋아합니까?

o*.do*n/sa.ra.meul/jjo.a.ham.ni.ga

5 눈이 와서 온 세상이 하얘요.

nu.ni/wa.so*/on/se.sang.i/ha.ye*.yo

6 저런 것은 마음에 드세요?

jo*.ro*n/go*.seun/ma.eu.me/deu.se.yo

中譯

1 這種如何？
2 我喜歡藍色。
3 那麼我們出發吧。
4 你喜歡哪種人？
5 下雪後，整個世界都是白色。
6 那種你滿意嗎？

單字

그러면	【副】geu.ro*.myo*n　那麼／那樣的話
출발하다	【動】chul.bal.ha.da　出發
어떤	【冠】o*.do*n　什麼樣的
온	【冠】on　全部的／所有的
세상	【名】se.sang　世界
마음에 들다	【詞組】ma.eu.me/deul.da　滿意／喜歡

星期／月份

星期

星期一	星期二	星期三	星期四
월요일 wo.ryo.il	화요일 hwa.yo.il	수요일 su.yo.il	목요일 mo.gyo.il
星期五	**星期六**	**星期日**	**這星期**
금요일 geu.myo.il	토요일 to.yo.il	일요일 i.ryo.il	이번 주 i.bo*n/ju

十二月份

一月	二月	三月	四月
일월 i.rwol	이월 i.wol	삼월 sa.mwol	사월 sa.wol
五月	**六月**	**七月**	**八月**
오월 o.wol	유월 yu.wol	칠월 chi.rwol	팔월 pa.rwol
九月	**十月**	**十一月**	**十二月**
구월 gu.wol	시월 si.wol	십일월 si.bi.rwol	십이월 si.bi.wol

145

韓國料理

韓定食 한정식 han.jo*ng.sik	石鍋拌飯 돌솥비빔밥 dol.sot.bi.bim.bap	辣炒年糕 떡볶이 do*k.bo.gi	嫩豆腐鍋 순두부 찌개 sun.du.bu/jji.ge*
泡菜鍋 김치찌개 gim.chi.jji.ge*	雞湯 삼계탕 sam.gye.tang	烤肉 불고기 bul.go.gi	泡菜炒飯 김치볶음밥 gim.chi.bo.geum.bap
部隊鍋 부대찌개 bu.de*.jji.ge*	辣魚湯 매운탕 me*.un.tang	排骨湯 갈비탕 gal.bi.tang	牛骨湯 설렁탕 so*l.lo*ng.tang
醒酒湯 해장국 he*.jang.guk	燉排骨 갈비찜 gal.bi.jjim	菜包白切肉 보쌈 bo.ssam	米血腸 순대 sun.de*
涼拌冷麵 비빔냉면 bi.bim.ne*ng.myo*n	水冷麵 물냉면 mul.le*ng.myo*n	馬鈴薯豬骨湯 감자탕 gam.ja.tang	烤雞排 닭갈비 dak.gal.bi
豬肉蓋飯 제육덮밥 je.yuk.do*p.bap	魷魚炒飯 오징어볶음밥 o.jing.o*.bo.geum.bap	海鮮鍋 해물전골 he*.mul.jo*n.gol	一隻雞 닭 한마리 dak/han.ma.ri

제 8 과

가족들이 거실에서 텔레비전을 보고 있어요.

ga.jok.deu.ri/go*.si.re.so*/tel.le.bi.jo*.neul/bo.go/i.sso*.yo

응용회화1

A：뭐 하고 있어요?

mwo/ha.go/i.sso*.yo

B：커피를 타고 있어요. 한 잔 마실래요?

ko*.pi.reul/ta.go/i.sso*.yo//han/jan/ma.sil.le*.yo

응용회화2

A：사장님께서 뭐 하고 계세요?

sa.jang.nim.ge.so*/mwo/ha.go/gye.se.yo

B：지금 회의 중이세요.

ji.geum/hwe.ui/jung.i.se.yo

응용회화3

A：이 얘기는 누구한테서 들었어요?

i/ye*.gi.neun/nu.gu.han.te.so*/deu.ro*.sso*.yo

B：글쎄요. 생각이 안 나요.

geul.sse.yo//se*ng.ga.gi/an/na.yo

응용회화4

A：집에서 나가기 전에 보통 뭐 해요?

ji.be.so*/na.ga.gi/jo*.ne/bo.tong/mwo/he*.yo

B：보통 화장실에 가요.

bo.tong/hwa.jang.si.re/ga.yo

응용회화5

A：한국말을 어떻게 그렇게 잘해요?

han.gung.ma.reul/o*.do*.ke/geu.ro*.ke/jal.he*.yo

B：김 선생님께 배웠어요.

gim/so*n.se*ng.nim.ge/be*.wo.sso*.yo

응용회화6

A：엄마, 오빠한테서 전화왔어요.

o*m.ma/o.ba.han.te.so*/jo*n.hwa.wa.sso*.yo

B：알았어. 먼저 받아.

a.ra.sso*//mo*n.jo*/ba.da

응용회화7

A：형수한테서 연락 받았어요?

hyo*ng.su.han.te.so*/yo*l.lak/ba.da.sso*.yo

B：아직 못 받았어요.

a.jik/mot/ba.da.sso*.yo

응용회화8

A：보통 언제 양치질해요?

bo.tong/o*n.je/yang.chi.jil.he*.yo

B：보통 식사한 후에 양치질해요.

bo.tong/sik.ssa.han/hu.e/yang.chi.jil.he*.yo

응용회화9

A：밤에 혼자 집에 갈 때 조심하세요.

ba.me/hon.ja/ji.be/gal/de*/jo.sim.ha.se.yo

B：걱정되면 저를 집까지 데려다 주세요.

go*k.jjo*ng.dwe.myo*n/jo*.reul/jjip.ga.ji/de.ryo*.da/ju.se.yo

응용회화10

A：얼마 동안 서울에 계시겠어요?

o*l.ma/dong.an/so*.u.re/gye.si.ge.sso*.yo

B：사흘 동안 서울에 있을 거예요.

sa.heul/dong.an/so*.u.re/i.sseul/go*.ye.yo

응용회화11

A：방학 동안 무엇을 하시겠어요?

bang.hak/dong.an/mu.o*.seul/ha.si.ge.sso*.yo

B：아르바이트를 하려고 해요. 그래서 요즘 일자리를 찾고 있어요.

a.reu.ba.i.teu.reul/ha.ryo*.go/he*.yo//geu.re*.so*/yo.jeum/il.ja.ri.reul/chat.go/i.sso*.yo

응용회화12

A：시험 볼 때 커닝하지 마세요.

si.ho*m/bol/de*/ko*.ning.ha.ji/ma.se.yo

B：저는 커닝 절대 안 해요.

jo*.neun/ko*.ning/jo*l.de*/an/he*.yo

응용회화13

A：방금 뭐 하고 있었어요?

bang.geum/mwo/ha.go/i.sso*.sso*.yo

B：아내하고 통화하고 있었어요.

a.ne*.ha.go/tong.hwa.ha.go/i.sso*.sso*.yo

응용회화14

A：졸업 후에 뭐 하려고 해요.

jo.ro*p/hu.e/mwo/ha.ryo*.go/he*.yo

B：아직 결정을 못 했어요.

a.jik/gyo*l.jo*ng.eul/mot/he*.sso*.yo

응용회화15

A：발렌타인데이 때 그녀에게 고백하고 싶어요.

bal.len.ta.in.de.i/de*/geu.nyo*.e.ge/go.be*.ka.go/si.po*.yo

B：진짜요? 행운을 빌게요.

jin.jja.yo//he*ng.u.neul/bil.ge.yo

150

第8課

家人正在客廳看電視。

應用會話一

A：你在做什麼？

B：我在泡咖啡。你要不要喝一杯？

應用會話二

A：社長在做什麼？

B：社長現在在開會。

應用會話三

A：這些話你從誰那裡聽來的？

B：這個嘛…我想不起來了。

單字	
커피를 타다	【詞組】ko*.pi.reul/ta.da　泡咖啡
한 잔	【詞組】han/jan　一杯
회의 중	【詞組】hwe.ui jung　會議中／開會中
얘기	【名】ye*.gi　故事／話（이야기的略語）
생각	【名】se*ng.gak　想法／思維
생각이 나다	【詞組】se*ng.ga.gi/na.da　想起來

應用會話四

A：你出門前一般會做什麼？

B：一般會去一趟廁所。

應用會話五

A：你的韓國語怎麼講得那麼好？

B：我向金老師學的。

應用會話六

A：媽，哥哥打電話來了。

B：知道了，你先接。

應用會話七

A：嫂嫂有連絡你嗎？

B：還沒聯絡我。

單字	
보통	【名】bo.tong　一般／通常
화장실에 가다	【詞組】hwa.jang.si.re/ga.da　去廁所
잘하다	【動】jal.ha.da　擅長／做得好
먼저	【副】mo*n.jo*　首先／先
전화를 받다	【詞組】jo*n.hwa.reul/bat.da　接電話
형수	【名】hyo*ng.su　嫂嫂
연락	【名】yo*l.lak　聯絡

應用會話八

A：你通常什麼時候刷牙呢？

B：我通常用餐過後刷牙。

應用會話九

A：晚上一個人回家的時候要注意安全。

B：你擔心的話，就送我回家吧。

應用會話十

A：您要在首爾待多久？

B：我要在首爾待三天。

應用會話十一

A：放假期間，您要做什麼？

B：我想要打工。所以最近在找工作。

單字	
양치질하다	【動】yang.chi.jil.ha.da　刷牙／漱口
혼자	【名】【副】hon.ja　獨自／一個人
조심하다	【動】jo.sim.ha.da　小心／當心
데리다	【動】de.ri.da　帶領／帶
사흘	【名】sa.heul　三天
방학	【名】bang.hak　放假
아르바이트를 하다	【詞組】a.reu.ba.i.teu.reul/ha.da　打工
일자리를 찾다	【詞組】il.ja.ri.reul/chat.da　找工作

應用會話十二

A：考試的時候，請不要作弊。
B：我絕對不會作弊。

應用會話十三

A：你剛才在做什麼？
B：我剛才在和我老婆講電話。

應用會話十四

A：畢業後，你想做什麼？
B：我還沒決定。

應用會話十五

A：情人節時，我想和她告白。
B：真的嗎？祝你好運。

單字	
커닝하다	【動】ko*.ning.ha.da　作弊
절대	【副】jo*l.de*　絕對／決
통화하다	【動】tong.hwa.ha.da　通電話
아내	【名】a.ne*　妻子／老婆
결정하다	【動】gyo*l.jo*ng.ha.da　決定
발렌타인데이	【名】bal.len.ta.in.de.i　情人節
고백하다	【動】go.be*.ka.da　告白
행운을 빌다	【詞組】he*ng.u.neul/bil.da　祈求好運

－고 있다 正在…

語法說明

1 為韓語句子的現在進行型，接在動詞語幹後方，表示某一動作的進行或持續。
2 相當於中文的「正在…」。
3 若主語是必須尊敬的對象，則使用「－고 계시다」。
4 若要表示過去進行型，則使用「－고 있었다」。
5 「－고 계셨다」為過去進行式的敬語句型。

應用句

1 형이 방에서 게임을 하고 있어요.
hyo*ng.i/bang.e.so*/ge.i.meul/ha.go/i.sso*.yo

2 그는 엽서를 쓰고 있습니다.
geu.neun/yo*p.sso*.reul/sseu.go/it.sseum.ni.da

3 한 여사는 소파에 앉아서 기다리고 계세요.
han/yo*.sa.neun/so.pa.e/an.ja.so*/gi.da.ri.go/gye.se.yo

4 할아버지가 노래를 부르고 계십니다.
ha.ra.bo*.ji.ga/no.re*.reul/bu.reu.go/gye.sim.ni.da

5 선생님이 뭐 하고 계세요?

so*n.se*ng.ni.mi/mwo/ha.go/gye.se.yo

6 그때는 서류들을 정리하고 있었어요.

geu.de*.neun/so*.ryu.deu.reul/jjo*ng.ni.ha.go/i.sso*.sso*.yo

中譯

1 哥哥在房間裡玩遊戲。

2 他在寫明信片。

3 韓女士坐在沙發等著。

4 爺爺在唱歌。

5 老師在做什麼？

6 那時我在整理文件。

單字

게임을 하다	【詞組】ge.i.meul/ha.da 玩遊戲
엽서	【名】yo*p.sso* 明信片
쓰다	【動】sseu.da 寫
소파	【名】so.pa 沙發
노래를 부르다	【詞組】no.re*.reul/bu.reu.da 唱歌
그때	【名】geu.de* 那時候／當時
서류	【名】so*.ryu 文件／文書
정리하다	【動】jo*ng.ni.ha.da 整理

155

－에게서／한테서 從…

語法說明

1 在表示人的名詞後方接에게서或한테서，表示「出處」或「起點」。

2 相當於中文的「從…」。

3 에게서和한테서的「서」可省略。

4 如果是從身分地位較高或年長的人接受某物或學習某事物時，要使用有尊敬意涵的「께」來取代에게서。

5 若要表示從某人那得到某物，可以使用「○○에게서 N을/를 받다」的句型。

應用句

1 선배에게서 영어를 배웠어요.
so*n.be*.e.ge.so*/yo*ng.o*.reul/be*.wo.sso*.yo

2 이연희한테서 전화를 받았어요?
i.yo*n.hi.han.te.so*/jo*n.hwa.reul/ba.da.sso*.yo

3 아저씨께 돈을 빌렸어요.
a.jo*.ssi.ge/do.neul/bil.lyo*.sso*.yo

4 상사께 보너스를 받았어요.
sang.sa.ge/bo.no*.seu.reul/ba.da.sso*.yo

5 친구한테서 소문을 들었어요.

chin.gu.han.te.so*/so.mu.neul/deu.ro*.sso*.yo

6 선생님께 칭찬을 받았어요.

so*n.se*ng.nim.ge/ching.cha.neul/ba.da.sso*.yo

中譯

1 向學長學了英文。

2 你接到李妍熙的電話了嗎？

3 向叔叔借了錢。

4 從上司那拿到了獎金。

5 從朋友那聽到了謠言。

6 從老師那得到了讚許。

單字

선배	【名】so*n.be*　前輩／學長姊
돈을 빌리다	【詞組】do.neul/bil.li.da　借錢
상사	【名】sang.sa　上司
보너스	【名】bo.no*.seu　獎金
소문	【名】so.mun　傳言／傳聞
칭찬	【名】ching.chan　稱讚

-기 전에 在做…之前

語法說明

❶ 接在動詞語幹後方，表示在做某個動作或行為之前，先進行後面的動作。

❷ 相當於中文的「在做…之前，先…」。

❸ 若要表示在某個時間點之前，可以在時間名詞後方，加上「전에」。

例如 : 한 시간 전에(一個小時前)

오후 두 시 전에(下午兩點前)

應用句

1 영화를 보기 전에 핸드폰 좀 끄세요.

yo*ng.hwa.reul/bo.gi/jo*.ne/he*n.deu.pon/jom/geu.se.yo

2 외국에 가기 전에 비행기 표를 예약해요.

we.gu.ge/ga.gi/jo*.ne/bi.he*ng.gi/pyo.reul/ye.ya.ke*.yo

3 들어가기 전에 신발을 벗으세요.

deu.ro*.ga.gi/jo*.ne/sin.ba.reul/bo*.seu.se.yo

4 팔개월 전에 회사에 입사했습니다.

pal.ge*.wol/jo*.ne/hwe.sa.e/ip.ssa.he*t.sseum.ni.da

5 삼십분 전에 여기서 장 비서님을 만났어요.

sam.sip.bun/jo*.ne/yo*.gi.so*/jang/bi.so*.ni.meul/man.na.sso*.yo

6 다음 주 수요일 전에 보고서를 제출하세요.

da.eum/ju/su.yo.il/jo*.ne/bo.go.so*.reul/jje.chul.ha.se.yo

中譯

1 看電影之前，請先關手機。

2 去國外之前，先訂機票。

3 進去之前，請先脫鞋。

4 我是八個月前，進入公司的。

5 三十分鐘前，我在這裡遇見張秘書。

6 請在下周三前，交報告。

單字

끄다	【動】	geu.da	熄滅／關掉
외국	【名】	we.guk	外國
비행기표	【名】	bi.he*ng.gi.pyo	飛機票
예약하다	【動】	ye.ya.ka.da	預約／預定
신발을 벗다	【詞組】	sin.ba.reul/bo*t.da	脫鞋子
입사하다	【動】	ip.ssa.ha.da	入社／進公司
비서	【名】	bi.so*	秘書
보고서	【名】	bo.go.so*	報告書
제출하다	【動】	je.chul.ha.da	提出／交出

－(으)ㄴ 후에 在做…之後

語法說明

1 接在動詞後方，表示在做某個動作或行為之後，再做後面的動作。

2 相當於中文的「在做…之後」。

3 當動詞語幹以母音結束，就接ㄴ 후에；當動詞語幹以子音結束，就接은 후에；當動詞語幹以ㄹ結束，就要先刪掉ㄹ，然後接ㄴ 후에。

4 若要表示某個時間點之後，可以在時間名詞後方，加上「후에」。

應用句

1 자료를 받은 후에 연락해 주세요.
ja.ryo.reul/ba.deun/hu.e/yo*l.la.ke*/ju.se.yo

2 취직한 후에 맛있는 걸 사 줄게요.
chwi.ji.kan/hu.e/ma.sin.neun/go*l/sa/jul.ge.yo

3 시험이 끝난 후에 벚꽃을 보러 갈까요?
si.ho*.mi/geun.nan/hu.e/bo*t.go.cheul/bo.ro*/gal.ga.yo

4 두 달 후에 이승기 씨는 귀국할 거예요.
du/dal/hu.e/i.seung.gi/ssi.neun/gwi.gu.kal/go*.ye.yo

5 퇴근 후에 시간 있어요?
twe.geun/hu.e/si.gan/i.sso*.yo

6 식사 후에 설거지를 해요.
sik.ssa/hu.e/so*l.go*.ji.reul/he*.yo

中譯

1 你收到資料後，請聯絡我。
2 我就職後，請你吃好吃的。
3 考試結束後，要不要去賞櫻花？
4 兩個月後，李昇基會回國。
5 下班後，你有時間嗎？
6 用餐後，洗碗。

單字

자료	【名】ja.ryo　資料
연락하다	【動】yo*l.la.ka.da　聯絡
취직하다	【動】chwi.ji.ka.da　就業／就職
맛있다	【形】ma.sit.da　好吃
시험이 끝나다	【詞組】si.ho*.mi/geun.na.da　考試結束
벚꽃	【名】bo*t.got　櫻花
귀국하다	【動】gwi.gu.ka.da　歸國
설거지	【名】so*l.go*.ji　洗碗

－는 동안 在…的期間

語法說明

1 接在動詞語幹後方，表示某個動作從開始到結束的時間。
2 相當於中文的「在…的期間」。
3 名詞後方接동안，表示在N的期間。
例如：일년 동안(一年期間)
하루 동안(一天期間)

應用句

1 내가 출장하는 동안 집에서 뭐 했어요?
ne*.ga/chul.jang.ha.neun/dong.an/ji.be.so*/mwo/he*.sso*.yo

2 기다리시는 동안 차 한 잔 드세요.
gi.da.ri.si.neun/dong.an/cha/han/jan/deu.se.yo

3 친구가 자는 동안 나는 시험 공부를 했어요.
chin.gu.ga/ja.neun/dong.an/na.neun/si.ho*m/gong.bu.reul/he*.sso*.yo

4 어제 세 시간 동안 청소했어요.
o*.je/se/si.gan/dong.an/cho*ng.so.he*.sso*.yo

5 얼마 동안 여기에 있을 거예요?
o*l.ma/dong.an/yo*.gi.e/i.sseul/go*.ye.yo

6 일주일 동안 밖에 나가지 않았어요?
il.ju.il/dong.an/ba.ge/na.ga.ji/a.na.sso*.yo

中譯

1 我出差的期間，你在家做什麼？
2 在您等待的期間，請喝杯茶。
3 在朋友睡覺的期間裡，我在準備考試。
4 昨天打掃了三個小時。
5 你會在這裡待多久？
6 你有一週沒出門了嗎？

單字

출장하다	【動】	chul.jang.ha.da	出差
차	【名】	cha	茶
한 잔	【詞組】	han/jan	一杯
청소하다	【動】	cho*ng.so.ha.da	打掃
얼마	【代】	o*l.ma	多少
일주일	【名】	il.ju.il	一週
밖	【名】	bak	外面
나가다	【動】	na.ga.da	出去

－(으)ㄹ 때 做…的時候

語法說明

❶ 接在動詞、形容詞或이다後方，表示動作、狀態發生或持續的時間。

❷ 相當於中文的「做…的時候／當…的時候」。

❸ 當語幹以母音結束，就接ㄹ 때；當語幹以子音結束，就接을 때。

❹ 名詞後方接때，表示在N的那個時間。

例如：회의 때(開會時)
추석 때(中秋節時)

應用句

1 날씨가 따뜻할 때 소풍을 갈 거예요.
nal.ssi.ga/da.deu.tal/de*/so.pung.eul/gal/go*.ye.yo

2 시간이 있을 때 가 보세요.
si.ga.ni/i.sseul/de*/ga/bo.se.yo

3 날씨가 좋을 때 함께 놀이공원에 갑시다.
nal.ssi.ga/jo.eul/de*/ham.ge/no.ri.gong.wo.ne/gap.ssi.da

4 내가 회의실에 갔을 때 아무도 없었어요.
ne*.ga/hwe.ui.si.re/ga.sseul/de*/a.mu.do/o*p.sso*.sso*.yo

5 휴가 때 같이 낚시 하러 갈까요?

hyu.ga/de*/ga.chi/nak.ssi/ha.ro*/gal.ga.yo

6 크리스마스 때 여자친구에게 어떤 선물이 좋을까요?

keu.ri.seu.ma.seu/de*/yo*.ja.chin.gu.e.ge/o*.do*n/so*n.mu.ri/jo.eul.ga.yo

中譯

1 天氣溫暖的時候，我要去郊遊。
2 有時間的時候，去看看吧。
3 天氣好的時候，一起去遊樂園玩吧。
4 我去會議室的時候，一個人也沒有。
5 休假的時候一起去釣魚好嗎？
6 聖誕節的時候送什麼禮物給女朋友好呢？

單字

따뜻하다	【形】	da.deu.ta.da	溫暖
소풍	【名】	so.pung	郊遊
함께	【副】	ham.ge	一起／一同
놀이공원	【名】	no.ri.gong.won	遊樂園
회의실	【名】	hwe.ui.sil	會議室
아무도 없다	【詞組】	a.mu.do/o*p.da	沒有人
휴가	【名】	hyu.ga	休假
낚시	【名】	nak.ssi	釣魚
크리스마스	【名】	keu.ri.seu.ma.seu	聖誕節

－(으)려고 하다 打算(做)…

語法說明

❶ 接在動詞語幹之後，表示說話者的意圖或計畫，為動作尚未發生的狀態。

❷ 相當於中文的「打算(做)…」。

❸ 當動詞語幹以母音或ㄹ結束時，就接**려고 하다**；當動詞語幹以子音結束時，就接**으려고 하다**。

例如　**놀다**(玩)→**놀려고 하다**(想玩／打算玩)

❹ 可以連接過去型았/었，表示「過去的意圖、計畫」。

應用句

1 노트북을 새로 사려고 합니다.

no.teu.bu.geul/sse*.ro/sa.ryo*.go/ham.ni.da

2 점심을 안 먹어서 저녁을 일찍 먹으려고 해요.

jo*m.si.meul/an/mo*.go*.so*/jo*.nyo*.geul/il.jjik/mo*.geu.ryo*.go/he*.yo

3 대학원에 입학하려고 합니다.

de*.ha.gwo.ne/i.pa.ka.ryo*.go/ham.ni.da

4 창업 자금을 모으려고 해요.

chang.o*p/ja.geu.meul/mo.eu.ryo*.go/he*.yo

5 서예를 배우려고 했어요. 그런데 시간이 없어서 못 배웠어요.
so*.ye.reul/be*.u.ryo*.go/he*.sso*.yo//geu.ro*n.de/si.ga.ni/o*p.sso*.so*/mot/be*.wo.sso*.yo

6 내일 일찍 일어나려고 해요.
ne*.il/il.jjik/i.ro*.na.ryo*.go/he*.yo

中譯

1 我打算新買一台筆記型電腦。
2 因為沒吃午餐，晚餐想早點吃。
3 我打算就讀研究所。
4 我想籌措創業資金。
5 我本來學書法，但沒有時間沒辦法學。
6 明天打算早點起床。

單字

새로	【副】	se*.ro	新地
일찍	【副】	il.jjik	早／提前
대학원	【名】	de*.ha.gwon	研究所
입학하다	【動】	i.pa.ka.da	入學
창업	【名】	chang.o*p	創業
자금	【名】	ja.geum	資金
모으다	【動】	mo.eu.da	收集
서예	【名】	so*.ye	書法
일어나다	【動】	i.ro*.na.da	起床／起來

—(으)려고 為了…而…

語法說明

1 連接在動詞語幹後方，表示說話者的目的或意圖。
2 相當於中文的「為了…而…」。
3 當動詞語幹以母音或ㄹ結束時，就接**려고**；當動詞語幹以子音結束時，就接**으려고**。
4 使用「(으)**려고**」的句型時，前後兩個動作的主語必須一致。

應用句

1 남편을 보려고 회사까지 갔어요.
nam.pyo*.neul/bo.ryo*.go/hwe.sa.ga.ji/ga.sso*.yo

2 집을 사려고 대출을 받았아요.
ji.beul/ssa.ryo*.go/de*.chu.reul/ba.da.ssa.yo

3 다이어트를 하려고 저녁을 안 먹어요.
da.i.o*.teu.reul/ha.ryo*.go/jo*.nyo*.geul/an/mo*.go*.yo

4 지영 씨에게 주려고 이 결혼 반지를 샀어요.
ji.yo*ng/ssi.e.ge/ju.ryo*.go/i/gyo*l.hon/ban.ji.reul/ssa.sso*.yo

5 시합에서 이기려고 연습을 많이 했어요.
si.ha.be.so*/i.gi.ryo*.go/yo*n.seu.beul/ma.ni/he*.sso*.yo

6 머리 스타일을 바꾸려고 헤어샵에 갔습니다.
mo*.ri/seu.ta.i.reul/ba.gu.ryo*.go/he.o*.sya.be/gat.sseum.ni.da

中譯

1 為了見老公，去了公司。
2 為了買房子而貸款了。
3 為了減肥，不吃晚餐。
4 為了送給智英，買了這個結婚戒指。
5 為了在比賽中獲勝，努力練習了。
6 為了換髮型，去了美髮院。

單字

남편	【名】	nam.pyo*n	丈夫／老公
대출을 받다	【詞組】	de*.chu.reul/bat.da	貸款
다이어트	【名】	da.i.o*.teu	減肥
시합	【名】	si.hap	比賽／競賽
이기다	【動】	i.gi.da	獲勝／勝利
연습	【名】	yo*n.seup	練習
많이	【副】	ma.ni	多多／不少
머리 스타일	【名】	mo*.ri/seu.ta.il	髮型
헤어샵	【名】	he.o*.syap	美髮院

제 9 과

올해 그녀와 결혼했으면 좋겠어요.

ol.he*/geu.nyo*.wa/gyo*l.hon.he*.sseu.myo*n/jo.ke.sso*.yo

응용회화1

A：왜 같이 회식 안 가요?

we*/ga.chi/hwe.sik/an/ga.yo

B：나도 가고 싶지만 아직 할 일이 많이 남았어요.

na.do/ga.go/sip.jji.man/a.jik/hal/i.ri/ma.ni/na.ma.sso*.yo

응용회화2

A：연애하고 싶지만 어렵네요.

yo*.ne*.ha.go/sip.jji.man/o*.ryo*m.ne.yo

B：어려운 일이 아니에요. 내가 소개해 줄게요.

o*.ryo*.un/i.ri/a.ni.e.yo//ne*.ga/so.ge*.he*/jul.ge.yo

응용회화3

A：그걸 왜 안 샀어요?

geu.go*l/we*/an/sa.sso*.yo

B：값이 싸지만 품질이 안 좋아요.

gap.ssi/ssa.ji.man/pum.ji.ri/an/jo.a.yo

응용회화4

A：회사를 그만 두기로 했어요.

hwe.sa.reul/geu.man/du.gi.ro/he*.sso*.yo

B：갑자기 왜요?

gap.jja.gi/we*.yo

A：월급도 적고 하는 일도 많아서 다른 직장을 찾고 싶어요.

wol.geup.do/jo*k.go/ha.neun/il.do/ma.na.so*/da.reun/jik.jjang.eul/chat.go/si.po*.yo

B：그렇군요. 아, 우리 회사에 올까요? 잔업할 필요가 없어서 제시간에 퇴근할 수 있어요.

geu.ro*.ku.nyo//a/u.ri/hwe.sa.e/ol.ga.yo//ja.no*.pal/pi.ryo.ga/o*p.sso*.so*/je.si.ga.ne/twe.geun.hal/ssu/i.sso*.yo

응용회화5

A：저녁은 뭐 먹죠?

jo*.nyo*.geun/mwo/mo*k.jjyo

B：만두나 칼국수를 먹읍시다.

man.du.na/kal.guk.ssu.reul/mo*.geup.ssi.da

응용회화6

A：나 오늘 한국어능력시험을 봤어요.

na/o.neul/han.gu.go*.neung.nyo*k.ssi.ho*.meul/bwa.sso*.yo

B：정말요? 잘 됐으면 좋겠어요.

jo*ng.ma.ryo//jal/dwe*.sseu.myo*n/jo.ke.sso*.yo

응용회화7

A：여행 가려고 하는데 어디로 가면 좋을까요?

yo*.he*ng/ga.ryo*.go/ha.neun.de/o*.di.ro/ga.myo*n/jo.eul.ga.yo

B：대만에 가 보세요. 맛있는 것이 많아요.

de*.ma.ne/ga/bo.se.yo//ma.sin.neun/go*.si/ma.na.yo

응용회화8

A：이 하이힐은 얼마예요?

i/ha.i.hi.reun/o*l.ma.ye.yo

B：사만오천 원이에요. 한 번 신어 보세요.

sa.ma.no.cho*n/wo.ni.e.yo//han/bo*n/si.no*/bo.se.yo

응용회화9

A：떡볶이를 먹어 봤어요?

do*k.bo.gi.reul/mo*.go*/bwa.sso*.yo

B：아뇨, 안 먹어 봤어요.

a.nyo//an/mo*.go*/bwa.sso*.yo

응용회화10

A：어디에 가세요?

o*.di.e/ga.se.yo

B：돈을 찾으러 은행에 가요.

do.neul/cha.jeu.ro*/eun.he*ng.e/ga.yo

응용회화 11

A : 무엇을 하러 홍콩에 갔습니까?

mu.o*.seul/ha.ro*/hong.kong.e/gat.sseum.ni.ga

B : 친구 결혼식에 참가하러 홍콩에 갔습니다.

chin.gu/gyo*l.hon.si.ge/cham.ga.ha.ro*/hong.kong.e/gat.sseum.ni.da

응용회화 12

A : 캐나다에 왜 왔어요?

ke*.na.da.e/we*/wa.sso*.yo

B : 영어를 배우러 왔어요.

yo*ng.o*.reul/be*.u.ro*/wa.sso*.yo

응용회화 13

A : 요즘 뭘 해요?

yo.jeum/mwol/he*.yo

B : 피아노를 배우러 다녀요.

pi.a.no.reul/be*.u.ro*/da.nyo*.yo

응용회화 14

A : 몇 시에 가면 좋을까요?

myo*t/si.e/ga.myo*n/jo.eul.ga.yo

B : 지금 오면 좋겠어요.

ji.geum/o.myo*n/jo.ke.sso*.yo

166

第9課

希望今年可以和她結婚。

應用會話一

A：為什麼不一起去聚餐？

B：我也想去，但要做得事情還有很多。

應用會話二

A：雖然我也想談戀愛，但是好難喔！

B：不是難事。我介紹給你。

應用會話三

A：你為什麼不買那個？

B：雖然價格便宜，但品質不好。

單字	
회식	【名】hwe.sik　聚餐／飯局
아직	【副】a.jik　尚／仍
남다	【動】nam.da　剩下／留下
연애하다	【動】yo*.ne*.ha.da　談戀愛
어렵다	【形】o*.ryo*p.da　困難
소개하다	【動】so.ge*.ha.da　介紹
왜	【副】we*　為什麼
값이 싸다	【詞組】gap.ssi/ssa.da　價格便宜
품질	【名】pum.jil　品質／質量

應用會話四

A：我決定辭職了。

B：怎麼這麼突然？

A：薪水少，做得事情又多，所以想找別的工作。

B：原來如此！啊～要不要來我們公司？因為不需要加班，所以可以準時下班。

應用會話五

A：晚餐吃什麼？

B：我們吃水餃或刀削麵吧！

應用會話六

A：我今天考了韓國語能力考試。

B：真的嗎？希望你能考得好！

單字		
회사를 그만두다	【詞組】hwe.sa.reul/geu.man.du.da	辭掉工作
갑자기	【副】gap.jja.gi	突然
월급	【名】wol.geup	薪水／月薪
적다	【形】jo*k.da	少
직장	【名】jik.jjang	職場
잔업하다	【動】ja.no*.pa.da	加班
제시간	【名】je.si.gan	準時／按時
만두	【名】man.du	水餃
칼국수	【名】kal.guk.ssu	刀削麵

應用會話七

A：我想去旅行，去哪裡好呢？

B：去台灣看看吧！有很多好吃的東西。

應用會話八

A：這雙高跟鞋多少錢？

B：四萬五千韓圜。您試穿看看。

應用會話九

A：你吃過辣炒年糕嗎？

B：沒有，沒吃過。

應用會話十

A：你要去哪裡？

B：我去銀行領錢。

單字	
여행	【名】yo*.he*ng　旅行
맛있다	【形】ma.sit.da　好吃／美味
하이힐	【名】ha.i.hil　高跟鞋
신다	【動】sin.da　穿
떡볶이	【名】do*k.bo.gi　辣炒年糕
돈을 찾다	【詞組】do.neul chat.da　領錢／取款
은행	【名】eun.he*ng　銀行

應用會話十一

A：你去香港做了什麼？

B：我去香港參加朋友的結婚典禮。

應用會話十二

A：你為什麼來加拿大。

B：我來學英文的。

應用會話十三

A：你最近在做什麼？

B：我在學鋼琴。

應用會話十四

A：幾點去好呢？

B：我希望你現在就來。

單字	
홍콩	【地】hong.kong　香港
결혼식	【名】gyo*l.hon.sik　結婚典禮
참가하다	【動】cham.ga.ha.da　參加
캐나다	【地】ke*.na.da　加拿大
영어	【名】yo*ng.o*　英語
요즘	【名】【副】yo.jeum　最近／近來
피아노	【名】pi.a.no　鋼琴
지금	【名】ji.geum　現在

–지만 雖然…但是…

語法説明

1 可以接在動詞、形容詞或이다語幹後方，表示前後兩個句子互相對立。

2 相當於中文的「雖然…但是…」。

3 **지만**前方可以接過去式，形成「**았/었지만**」的形態。

4 表示禮貌的客氣態度，後方才是説話者要表達的重點。

應用句

1 딸기는 좋지만 귤은 싫어요.
dal.gi.neun/jo.chi.man/gyu.reun/si.ro*.yo

2 저는 여자이지만 화장은 별로 안 해요.
jo*.neun/yo*.ja.i.ji.man/hwa.jang.eun/byo*l.lo/an/he*.yo

3 김치는 맵지만 맛있어요.
gim.chi.neun/me*p.jji.man/ma.si.sso*.yo

4 이 단어를 외웠지만 기억이 안 나요.
i/da.no*.reul/we.wot.jji.man/gi.o*.gi/an/na.yo

5 여자친구에게 몇 번 전화를 했지만 받지 않았어요.

yo*.ja.chin.gu.e.ge/myo*t/bo*n/jo*n.hwa.reul/he*t.jji.man/bat.jji/a.na.sso*.yo

6 실례하지만 길 좀 가르쳐 주시겠습니까?

sil.lye.ha.ji.man/gil/jom/ga.reu.cho*/ju.si.get.sseum.ni.ga

中譯

1 我雖然喜歡草莓，但不喜歡橘子。

2 我雖然是女生，卻不愛化妝。

3 泡菜很辣，但很好吃。

4 背過這個單字，但想不起來。

5 打了幾次電話給女朋友，但她沒接。

6 不好意思，可以向您問路嗎？

單字

딸기	【名】dal.gi　草莓
귤	【名】gyul　蜜橘
화장	【名】hwa.jang　化妝
별로	【副】byo*l.lo　不太／不怎麼
단어	【名】da.no*　單字
기억이 나다	【慣】gi.o*.gi/na.da　想起來
몇 번	【詞組】myo*t/bo*n　幾次
실례하다	【動】sil.lye.ha.da　失禮／冒犯
길을 가르치다	【詞組】gi.reul/ga.reu.chi.da　指路

一아/어 보다 試著…

語法說明

1 接在動詞語幹後方，表示試著做看看某一行為。
2 相當於中文的「試著…」。
3 可以結合時態았/었(過去)、겠(未來)一起使用。
4 時常結合命令型一同使用，成為「一아/어 보세요」或「一아/어 보십시오」的型態，帶有委婉勸說的語感。

應用句

1 이걸 한 번 드셔 보세요.
i.go*l/han/bo*n/deu.syo*/bo.se.yo

2 잘 생각해 보고 알려 주세요.
jal/sse*ng.ga.ke*/bo.go/al.lyo*/ju.se.yo

3 롤러코스터를 타 봤어요?
rol.lo*.ko.seu.to*.reul/ta/bwa.sso*.yo

4 이 반바지를 한 번 입어 봐도 될까요?
i/ban.ba.ji.reul/han/bo*n/i.bo*/bwa.do/dwel.ga.yo

5 제주도에 가 봤어요?

je.ju.do.e/ga/bwa.sso*.yo

6 이 글을 한 번 읽어보겠어요?

i/geu.reul/han/bo*n/il.go*.bo.ge.sso*.yo

中譯

1 請吃看看這個。
2 請您仔細想過後再跟我說。
3 你搭過雲霄飛車嗎？
4 我可以試穿看看這件短褲嗎？
5 你去過濟州島了嗎？
6 你要不要讀讀看這篇文章？

單字

드시다	【動】	deu.si.da　吃／喝(먹다的敬語)
잘	【副】	jal　好好地
생각하다	【動】	se*ng.ga.ka.da　思考／考慮
알리다	【動】	al.li.da　告知
롤러코스터	【名】	rol.lo*.ko.seu.to*　雲霄飛車
반바지	【名】	ban.ba.ji　短褲
입다	【動】	ip.da　穿
제주도	【地】	je.ju.do　濟州島
글	【名】	geul　文章

－(으)러 가다 去…做某事

語法説明

1 接在動詞後方，表示移動的目的，後面通常會跟移動性動詞가다(去)、오다(來)、나가다(出去)、들어가다(進去)等一起使用。
2 相當於中文的「去…做某事」。
3 當動詞語幹以母音或ㄹ結束時，就使用러；當動詞語幹以子音結束時，就要使用으러。
4 「－(으)러 오다」的句型為「來…做某事」。

應用句

1 아빠, 저녁 먹으러 가요!
a.ba//jo*.nyo*k/mo*.geu.ro*/ga.yo

2 비자를 받으러 대사관에 갑니다.
bi.ja.reul/ba.deu.ro*/de*.sa.gwa.ne/gam.ni.da

3 편지를 부치러 우체국에 가요.
pyo*n.ji.reul/bu.chi.ro*/u.che.gu.ge/ga.yo

4 뭘 하러 왔어요?
mwol/ha.ro*/wa.sso*.yo

5 친구를 만나러 찻집에 갔어요.
chin.gu.reul/man.na.ro*/chat.jji.be/ga.sso*.yo

6 이번 주말에 같이 시내에 놀러 갈까요?
i.bo*n/ju.ma.re/ga.chi/si.ne*.e/nol.lo*/gal.ga.yo

中譯

1 爸，我們去吃晚餐吧！
2 去大使館辦簽證。
3 去郵局寄信。
4 你來這裡做什麼？
5 去茶館見朋友了。
6 這個週末要不要一起去市區玩？

單字

비자	【名】bi.ja　簽證
대사관	【名】de*.sa.gwan　大使館
편지를 부치다	【詞組】pyo*n.ji.reul/bu.chi.da　寄信
우체국	【名】u.che.guk　郵局
찻집	【名】chat.jjip　茶館
이번 주말	【詞組】i.bo*n/ju.mal　這個週末
시내	【名】si.ne*　市區

－(이)나 …或…

語法說明

❶ 接在名詞後方，用來列舉兩個或兩個以上的名詞，表示從兩者或兩者以上的事物選擇其一，相當於中文的「N或N」。
❷ 當前面的名詞以母音結束時，使用나；當名詞以子音結束時，使用이나。
❸ 「(이)나」接在名詞後方時，也可以表示某事物的數量比正常情況要來得多，相當於中文的「竟達／多達」。

應用句

1 시금치나 청경채를 사세요.
si.geum.chi.na/cho*ng.gyo*ng.che*.reul/ssa.se.yo

2 혹시 연필이나 볼펜이 있어요?
hok.ssi/yo*n.pi.ri.na/bol.pe.ni/i.sso*.yo

3 시장이나 슈퍼마켓에 갈 거예요.
si.jang.i.na/syu.po*.ma.ke.se/gal/go*.ye.yo

4 이번 주 목요일이나 금요일에 고향에 갈 거예요.
i.bo*n/ju/mo.gyo.i.ri.na/geu.myo.i.re/go.hyang.e/gal/go*.ye.yo

5 너무 졸려서 커피 다섯 잔이나 마셨어요.
no*.mu/jol.lyo*.so*/ko*.pi/da.so*t/ja.ni.na/ma.syo*.sso*.yo

6 오늘 손님이 이백 명이나 오셨어요.
o.neul/sson.ni.mi/i.be*k/myo*ng.i.na/o.syo*.sso*.yo

中譯

1 請買菠菜或青江菜。
2 請問你有鉛筆或原子筆嗎？
3 我要去市場或超市。
4 這個星期四或星期五我要回故鄉。
5 因為太睏了，所以竟喝了五杯咖啡。
6 今天客人竟然來了兩百位。

單字

시금치	【名】	si.geum.chi	菠菜
청경채	【名】	cho*ng.gyo*ng.che*	青江菜
연필	【名】	yo*n.pil	鉛筆
볼펜	【名】	bol.pen	原子筆
고향	【名】	go.hyang	故鄉
졸리다	【動】	jol.li.da	想睡覺／睏
이백	【數】	i.be*k	兩百
명	【量】	myo*ng	(一)名／位

—기로 하다 我決定(做)…

語法說明

1 接在動詞語幹後方，表示說話者的決心或決定，另外也可以表示和他人約好要進行的某種行為。
2 相當於中文的「我決定(做)…」。
3 기로後面的動詞「하다」可用「정하다(定下)」、「약속하다(約定)」、「결정하다(決定)」等動詞代替。

應用句

1 담배를 피우지 않기로 했어요.
dam.be*.reul/pi.u.ji/an.ki.ro/he*.sso*.yo

2 민수 오빠와 결혼하기로 결정했어요.
min.su/o.ba.wa/gyo*l.hon.ha.gi.ro/gyo*l.jo*ng.he*.sso*.yo

3 오늘부터 열심히 공부하기로 했습니다.
o.neul.bu.to*/yo*l.sim.hi/gong.bu.ha.gi.ro/he*t.sseum.ni.da

4 사실은 저희 이혼하기로 했어요.
sa.si.reun/jo*.hi/i.hon.ha.gi.ro/he*.sso*.yo

5 같이 놀러 가기로 약속했는데 갑자기 비가 와서 취소했어요.
ga.chi/nol.lo*/ga.gi.ro/yak.sso.ke*n.neun.de/gap.jja.gi/bi.ga/wa.so*/chwi.so.he*.sso*.yo

6 앞으로 그를 도와 주지 않기로 결정했어요.
a.peu.ro/geu.reul/do.wa/ju.ji/an.ki.ro/gyo*l.jo*ng.he*.sso*.yo

中譯

1 我決定不再抽菸了。
2 我決定要和民秀哥結婚了。
3 從今天起決定要認真讀書了。
4 事實上，我們決定離婚了。
5 原本約好一起去玩的，但突然下雨所以取消了。
6 決定以後不再幫助他了。

單字

담배를 피우다	【詞組】dam.be*.reul/pi.u.da	抽菸
결정하다	【動】gyo*l.jo*ng.ha.da	決定
열심히	【副】yo*l.sim.hi	認真地／努力地
사실	【名】sa.sil	事實
이혼하다	【動】i.hon.ha.da	離婚
갑자기	【副】gap.jja.gi	突然
취소하다	【動】chwi.so.ha.da	取消
앞으로	【慣】a.peu.ro	將來／以後

－(으)면 좋겠다 希望…／我想…

語法說明

1 接在動詞、形容詞後方，對即將發生的未來做假定，表示期望或願望。
2 相當於中文的「希望…／我想…」。
3 另外也可以和過去型았/었結合，成為「－았/었으면 좋겠다」的型態，雖同樣表示期望或願望，但主要是對難以實現的或與現實相反的情況做假定。
4 相當於中文的「要是…就好了」。
5 另外，也可以使用「았/었으면 하다」的句型，兩者意義相同。

應用句

1 조금만 싸면 좋겠어요.
jo.geum.man/ssa.myo*n/jo.ke.sso*.yo

2 나에게 일찍 연락해 주면 좋겠어요.
na.e.ge/il.jjik/yo*l.la.ke*/ju.myo*n/jo.ke.sso*.yo

3 박 기자님을 만나러 가는데 같이 가면 좋겠어요.
bak/gi.ja.ni.meul/man.na.ro*/ga.neun.de/ga.chi/ga.myo*n/jo.ke.sso*.yo

4 시간이 빨리 지나가지 않았으면 좋겠습니다.
si.ga.ni/bal.li/ji.na.ga.ji/a.na.sseu.myo*n/jo.ket.sseum.ni.da

5 크리스마스 때 눈이 왔으면 좋겠어요.
keu.ri.seu.ma.seu/de*/nu.ni/wa.sseu.myo*n/jo.ke.sso*.yo

6 나도 남자친구가 있었으면 좋겠어요.
na.do/nam.ja.chin.gu.ga/i.sso*.sseu.myo*n/jo.ke.sso*.yo

中譯

1 希望能便宜一點。
2 希望你能早點聯絡我。
3 我要去見朴記者，希望你和我一起去。
4 希望時間不要過得太快就好了。
5 聖誕節時如果能下雪的話就好了。
6 要是我也有男朋友就好了。

單字

조금	【副】【名】jo.geum　一點／稍為
싸다	【形】jo.geum　便宜
기자	【名】gi.ja　記者
빨리	【副】bal.li　快點／趕緊
지나다	【動】ji.na.da　經過／過去
크리스마스	【名】keu.ri.seu.ma.seu　聖誕節
눈이 오다	【詞組】nu.ni/o.da　下雪

176

時間的劃分

今天 오늘 o.neul	昨天 어제 o*.je	明天 내일 ne*.il	前天 그제 geu.je
後天 모레 mo.re	大後天 글피 geul.pi	今年 올해 ol.he*	去年 작년 jang.nyo*n
明年 내년 ne*.nyo*n	前年 재작년 je*.jang.nyo*n	後年 내후년 ne*.hu.nyo*n	這個月 이번 달 i.bo*n/dal
上個月 지난 달 ji.nan/dal	上上個月 지지난 달 ji.ji.nan/dal	下個月 다음 달 da.eum/dal	下下個月 다다음 달 da.da.eum/dal
上星期 지난 주 ji.nan/ju	下星期 다음 주 da.eum/ju	上上星期 지지난 주 ji.ji.nan/ju	下下星期 다다음 주 da.da.eum/ju
白天 낮 nat	晚上 밤 bam	現在 지금 ji.geum	剛才 방금 bang.geum

顏色

紅色 빨강색 bal.gang.se*k	紅色 붉은색 bul.geun.se*k	橘色 주홍색 ju.hong.se*k	粉紅色 분홍색 bun.hong.se*k
黑色 검정색 go*m.jo*ng.se*k	黑色 까만색 ga.man.se*k	黑色 검은색 go*.meun.se*k	灰色 회색 hwe.se*k
白色 흰색 hin.se*k	白色 하얀색 ha.yan.se*k	銀色 은색 eun.se*k	金色 금색 geum.se*k
銅色 동색 dong.se*k	黃色 노랑색 no.rang.se*k	綠色 녹색 nok.sse*k	草綠色 초록색 cho.rok.sse*k
紫色 보라색 bo.ra.se*k	褐色 갈색 gal.sse*k	藍色 파란색 pa.ran.se*k	天空色 하늘색 ha.neul.sse*k
深色 짙은색 ji.teun.se*k	淺色 얕은색 ya.teun.se*k	咖啡色 커피색 ko*.pi.se*k	透明 투명 tu.myo*ng

178

제 10 과

중국어를 배우려면 발음부터 배워야 해요.

jung.gu.go*.reul/be*.u.ryo*.myo*n/ba.reum.bu.to*/be*.wo.ya/he*.yo

응용회화1

A：결혼한 지 얼마나 됐어요?

gyo*l.hon.han/ji/o*l.ma.na/dwe*.sso*.yo

B：결혼한 지 이십 년이 넘었어요.

gyo*l.hon.han/ji/i.sip/nyo*.ni/no*.mo*.sso*.yo

응용회화2

A：태국에 가려면 옷은 어떻게 준비하면 됩니까?

te*.gu.ge/ga.ryo*.myo*n/o.seun/o*.do*.ke/jun.bi.ha.myo*n/dwem.ni.ga

B：태국 날씨가 더우니까 얇은 옷을 준비하세요.

te*.guk/nal.ssi.ga/do*.u.ni.ga/yal.beun/o.seul/jjun.bi.ha.se.yo

응용회화3

A：시내 중심가로 가려면 어떻게 가야 합니까?

si.ne*/jung.sim.ga.ro/ga.ryo*.myo*n/o*.do*.ke/ga.ya/ham.ni.ga

B：공항버스를 타면 시내에 갈 수 있어요.

gong.hang.bo*.seu.reul/ta.myo*n/si.ne*.e/gal/ssu/i.sso*.yo

응용회화4

A : 경찰서는 이 근처에 있습니까?

gyo*ng.chal.sso*.neun/i/geun.cho*.e/it.sseum.ni.ga

B : 제가 경찰서로 안내해 드릴게요.

je.ga/gyo*ng.chal.sso*.ro/an.ne*.he*/deu.ril.ge.yo

응용회화5

A : 내가 마루를 닦을게요.

ne*.ga/ma.ru.reul/da.geul.ge.yo

B : 그럼 난 요리를 할게요.

geu.ro*m/nan/yo.ri.reul/hal.ge.yo

응용회화6

A : 언니 집은 오빠 집보다 더 크죠? 아, 부럽네요.

o*n.ni/ji.beun/o.ba/jip.bo.da/do*/keu.jyo//a//bu.ro*m.ne.yo

B : 집이 커서 좋지만 청소하기 힘들어요.

ji.bi/ko*.so*/jo.chi.man/cho*ng.so.ha.gi/him.deu.ro*.yo

응용회화7

A : 두 개 중에 어느 것이 비싸요?

du/ge*/jung.e/o*.neu/go*.si/bi.ssa.yo

B : 이것이 그것보다 더 비싸요.

i.go*.si/geu.go*t.bo.da/do*/bi.ssa.yo

응용회화8

A：민정 씨, 농구 하러 갈래요?

min.jo*ng/ssi//nong.gu/ha.ro*/gal.le*.yo

B：내일 기말고사가 있어서 공부해야 돼요.

ne*.il/gi.mal.go.sa.ga/i.sso*.so*/gong.bu.he*.ya/dwe*.yo

응용회화9

A：아직 이십 분정도 남았는데 커피 한 잔 마실래요?

a.jik/i.sip/bun.jo*ng.do/na.man.neun.de/ko*.pi/han/jan/ma.sil.le*.yo

B：이따가 수업 끝나고 마셔요. 지금 교과서를 사러 가야 돼요.

i.da.ga/su.o*p/geun.na.go/ma.syo*.yo//ji.geum/gyo.gwa.so*.reul/ssa.ro*/ga.ya/dwe*.yo

응용회화10

A：홍기 씨 전자사전이 없어요?

hong.gi/ssi/jo*n.ja.sa.jo*.ni/o*p.sso*.yo

B：네, 하나 사야 되는데, 요즘 돈이 없어요.

ne//ha.na/sa.ya/dwe.neun.de//yo.jeum/do.ni/o*p.sso*.yo

응용회화11

A：설악산 처음 가요?

so*.rak.ssan/cho*.eum/ga.yo

B：아니요, 가 본 적이 있어요.

a.ni.yo//ga/bon/jo*.gi/i.sso*.yo

응용회화12

A：금연을 해 본 적이 있어요?

geu.myo*.neul/he*/bon/jo*.gi/i.sso*.yo

B：예, 몇 번 해 봤는데 성공하지 못했어요.

ye//myo*t/bo*n/he*/bwan.neun.de/so*ng.gong.ha.ji/mo.te*.sso*.yo

응용회화13

A：한국 소주를 마셔 본 적이 있습니까?

han.guk/so.ju.reul/ma.syo*/bon/jo*.gi/it.sseum.ni.ga

B：네, 지난 번에 소주 다섯 잔만 마셨는데 취했어요.

ne//ji.nan/bo*.ne/so.ju/da.so*t/jan.man/ma.syo*n.neun.de/chwi.he*.sso*.yo

응용회화14

A：약속을 꼭 지키세요.

yak.sso.geul/gok/ji.ki.se.yo

B：걱정 안 하셔도 돼요. 꼭 지킬게요.

go*k.jjo*ng/an/ha.syo*.do/dwe*.yo//gok/ji.kil.ge.yo

응용회화15

A：내가 이사할 때 꼭 와서 도와줘야 돼요.

ne*.ga/i.sa.hal/de*/gok/wa.so*/do.wa.jwo.ya/dwe*.yo

B：알았어요. 꼭 도와줄게요.

a.ra.sso*.yo//gok/do.wa.jul.ge.yo

1 8 2

第10課

想學中文的話，必須從發音開始學起。

應用會話一

A：你結婚有多久了？

B：我結婚二十幾年了。

應用會話二

A：想去泰國的話，衣服該如何準備呢？

B：泰國天氣很熱，請準備薄的衣服。

應用會話三

A：去市中心該怎麼去呢？

B：搭機場巴士可以到市區。

單字

單字		
발음	【名】ba.reum	發音
이십 년	【詞組】i.sip/nyo*n	二十年
넘다	【動】no*m.da	超過
태국	【名】te*.guk	泰國
준비하다	【動】jun.bi.ha.da	準備
얇다	【形】yap.da	薄
시내 중심가	【詞組】si.ne*/jung.sim.ga	市中心
공항버스	【名】gong.hang.bo*.seu	機場巴士

應用會話四

A：警察局在這附近嗎？

B：我帶你到警察局。

應用會話五

A：我擦地板。

B：那我煮菜。

應用會話六

A：姊姊你的家比哥哥的家還大吧？啊～好羨慕！

B：家裡大雖然好，但打掃起來很累。

應用會話七

A：兩個之中，哪一個貴？

B：這個比那個還貴。

單字	
경찰서	【名】gyo*ng.chal.sso* 警察局
안내하다	【動】an.ne*.ha.da 引導／引領
마루를 닦다	【詞組】ma.ru.reul/dak.da 擦地板
크다	【形】keu.da 大
부럽다	【形】bu.ro*p.da 羨慕
청소하다	【動】cho*ng.so.ha.da 打掃
힘들다	【形】him.deul.da 辛苦／費勁
중	【名】jung 中／之間
어느 것	【代】o*.neu/go*t 哪一個

應用會話八

A：敏靜，要不要一起去打籃球？
B：明天有期末考，我得讀書。

應用會話九

A：還剩下20分鐘左右，要不要去喝杯咖啡？
B：等一下下課後再喝吧。我現在必須去買教科書。

應用會話十

A：洪基你沒有電子字典嗎？
B：對，應該買一個的，但最近沒有錢。

應用會話十一

A：你第一次去雪嶽山嗎？
B：不，我有去過。

單字	
농구를 하다	【詞組】nong.gu.reul/ha.da　打籃球
기말고사	【名】gi.mal.go.sa　期末考
남다	【動】nam.da　剩下／留下
수업이 끝나다	【詞組】su.o*.bi/geun.na.da　下課
교과서	【名】gyo.gwa.so*　教科書
전자사전	【名】jo*n.ja.sa.jo*n　電子詞典
요즘	【名】【副】yo.jeum　最近
설악산	【地】so*.rak.ssan　雪嶽山
처음	【名】cho*.eum　第一次／初次

應用會話十二

A：你有戒過菸嗎？

B：有，有戒過幾次菸，但都沒有成功。

應用會話十三

A：你有喝過韓國燒酒嗎？

B：有，上次我只喝了五杯燒酒，就醉了。

應用會話十四

A：請你一定要守約。

B：您不用擔心。我一定會守約。

應用會話十五

A：我搬家的時候，一定要過來幫忙。

B：知道了，我一定幫你。

單字	
금연	【名】geu.myo*n　禁菸
몇 번	【詞組】myo*t/bo*n　幾次
성공하다	【動】so*ng.gong.ha.da　成功
소주	【名】so.ju　燒酒
취하다	【動】chwi.ha.da　酒醉
약속을 지키다	【詞組】yak.sso.geul/jji.ki.da　守約
걱정하다	【動】go*k.jjo*ng.ha.da　擔心
이사하다	【動】i.sa.ha.da　搬家
꼭	【副】gok　一定

－(으)ㄴ 지 N 되다 從…至今…

語法說明

❶ 接在動詞語幹後方，表示時間的經過，後面通常會跟著되다或넘다等動詞。
❷ 相當於中文的「從…至今…」。
❸ 當動詞語幹以母音或ㄹ結束時，就接ㄴ 지；當動詞語幹以子音結束時，就接은 지。

應用句

1 여기서 일한 지 십 년이 넘었어요.
yo*.gi.so*/il.han/ji/sip/nyo*.ni/no*.mo*.sso*.yo

2 출산한 지 삼개월이 됐어요.
chul.san.han/ji/sam.ge*.wo.ri/dwe*.sso*.yo

3 여기서 나를 기다린 지 얼마나 됐어요?
yo*.gi.so*/na.reul/gi.da.rin/ji/o*l.ma.na/dwe*.sso*.yo

4 채영과 같이 산 지 이 년 됐어요.
che*.yo*ng.gwa/ga.chi/san/ji/i/nyo*n/dwe*.sso*.yo

5 감기약을 먹은 지 한 시간정도 됐어요.

gam.gi.ya.geul/mo*.geun/ji/han/si.gan.jo*ng.do/dwe*.sso*.yo

6 여자 친구와 사귄 지는 얼마 안 되었어요.

yo*.ja/chin.gu.wa/sa.gwin/ji.neun/o*l.ma/an/dwe.o*.sso*.yo

中譯

1 我在這裡工作已經有十年了。
2 我生產已有三個月了。
3 你在這裡等我等多久了？
4 我和彩英一起住有兩年了。
5 吃感冒藥已有一個小時了。
6 和女朋友交往沒有多久。

單字

출산하다	【動】	chul.san.ha.da	生產／生育
삼개월	【名】	sam.ge*.wol	三個月
얼마나	【副】	o*l.ma.na	多少／多麼
감기약	【名】	gam.gi.yak	感冒藥
한 시간	【詞組】	han/si.gan	一個小時
정도	【名】	jo*ng.do	程度／限度
사귀다	【動】	sa.gwi.da	交往／交友

－아/어야 되다 必須…／應該要…

語法說明

❶接在動詞或形容詞後方，表示必須要做的事或某種必然的情況。
❷相當於中文的「必須…／應該要…」。
❸當語幹的母音是「ㅏ. ㅗ」時，就接아야 되다；如果語幹的母音不是「ㅏ. ㅗ」時，就接어야 되다；如果是하다類的詞彙，就接여야 되다。
❹另外，也可以使用「아/어야 하다」的句型，兩者意義相同。

應用句

1 남대문에 가려면 다음 역에서 내려야 돼요.
nam.de*.mu.ne/ga.ryo*.myo*n/da.eum/yo*.ge.so*/ne*.ryo*.ya/dwe*.yo

2 도대체 어떻게 해야 돼요?
do.de*.che/o*.do*.ke/he*.ya/dwe*.yo

3 남의 방에 들어가기 전에 노크해야 해요.
na.mui/bang.e/deu.ro*.ga.gi/jo*.ne/no.keu.he*.ya/he*.yo

4 이번에 우리 팀이 꼭 이겨야 됩니다.
i.bo*.ne/u.ri/ti.mi/gok/i.gyo*.ya/dwem.ni.da

5 저 메일을 보내야 되는데 컴퓨터 좀 빌려 주세요.
jo*/me.i.reul/bo.ne*.ya/dwe.neun.de/ko*m.pyu.to*/jom/bil.lyo*/ju.se.yo

6 회의에 늦었어요. 택시를 타고 가야 돼요.
hwe.ui.e/neu.jo*.sso*.yo//te*k.ssi.reul/ta.go/ga.ya/dwe*.yo

中譯

1 想去南大門的話，必須在下一站下車。
2 到底該怎麼做才好？
3 進入別人的房間之前，應該要敲門。
4 這次我們的隊伍一定要贏。
5 我要寄電子郵件，請借我電腦。
6 我開會遲到了。必須搭計程車去。

單字

다음 역	【名】da.eum yo*k　下一站
내리다	【動】ne*.ri.da　下車／降下／下跌
도대체	【副】do.de*.che　到底／究竟
남	【名】nam　別人／他人
노크하다	【動】no.keu.ha.da　敲門
팀	【名】tim　隊伍
이기다	【動】i.gi.da　獲勝
이메일을 보내다	【詞組】i.me.i.reul/bo.ne*.da　寄電子郵件
빌리다	【動】bil.li.da　借

−(으)려면 想要…的話…

語法說明

❶ 接在動詞後方，表示假設有某一計畫或意圖。
❷ 相當於中文的「想要…的話…」。
❸ 當動詞語幹以母音或ㄹ結束時，就接**려면**；當動詞語幹以子音結束時，就接**으려면**。
❹ 通常後面會跟著「아/어야 하다」或「(으)세요」等的句型。

應用句

1 살을 빼려면 어떻게 해야 할까요?
sa.reul/be*.ryo*.myo*n/o*.do*.ke/he*.ya/hal.ga.yo

2 롯데면세점에 가려면 어디로 가야 해요?
rot.de.myo*n.se.jo*.me/ga.ryo*.myo*n/o*.di.ro/ga.ya/he*.yo

3 외교관이 되려면 영어를 잘 해야 돼요.
we.gyo.gwa.ni/dwe.ryo*.myo*n/yo*ng.o*.reul/jjal/he*.ya/dwe*.yo

4 할인 쿠폰을 받으려면 저녁 일곱 시 전에 와야 해요.
ha.rin/ku.po.neul/ba.deu.ryo*.myo*n/jo*.nyo*k/il.gop/si/jo*.ne/wa.ya/he*.yo

5 최고 기록을 유지하려면 꾸준히 연습하세요.
chwe.go/gi.ro.geul/yu.ji.ha.ryo*.myo*n/gu.jun.hi/yo*n.seu.pa.se.yo

6 한국 사람과 결혼하려면 자주 한국에 가야 돼요.
han.guk/sa.ram.gwa/gyo*l.hon.ha.ryo*.myo*n/ja.ju/han.gu.ge/ga.ya/dwe*.yo

中譯

1 想減肥的話，該如何做才好呢？
2 去樂天免稅店該往哪裡走呢？
3 如果想當外交官，英文要好。
4 如果想領取折價券，必須晚上七點以前過來。
5 若你想維持最高的紀錄，請你努力練習。
6 想和韓國人結婚的話，必須經常去韓國。

單字

살을 빼다	【詞組】	sa.reul/be*.da	減肥
면세점	【名】	myo*n.se.jo*m	免稅店
외교관	【名】	we.gyo.gwan	外交官
할인	【名】	ha.rin	打折／折扣
쿠폰	【名】	ku.pon	優待券
최고	【名】	chwe.go	最高／最厲害
기록	【名】	gi.rok	記錄
유지하다	【動】	yu.ji.ha.da	維持
꾸준히	【副】	gu.jun.hi	不斷地／勤奮地

−(으)ㄴ 적이 있다 曾經…

語法說明

1 接在動詞語幹後方，表示有做過某事的經驗。
2 相當於中文的「曾經…」。
3 當動詞語幹以母音結束時，就接ㄴ 적이 있다；當動詞語幹以子音結束時，就接은 적이 있다。
4 「−(으)ㄴ 적이 없다」則表示無做過某事的經驗。

應用句

1 예전에 한 번 수술을 받은 적이 있어요.
ye.jo*.ne/han/bo*n/su.su.reul/ba.deun/jo*.gi/i.sso*.yo

2 대통령을 한 번 뵌 적이 있어요.
de*.tong.nyo*ng.eul/han/bo*n/bwen/jo*.gi/i.sso*.yo

3 사교 댄스를 춰 본 적이 없어요.
sa.gyo/de*n.seu.reul/chwo/bon/jo*.gi/o*p.sso*.yo

4 십년간 연휴를 제대로 쉬어 본 적이 없어요.
sim.nyo*n.gan/yo*n.hyu.reul/jje.de*.ro/swi.o*/bon/jo*.gi/o*p.sso*.yo

5 그 일을 한 번도 잊은 적이 없어요.
geu/i.reul/han/bo*n.do/i.jeun/jo*.gi/o*p.sso*.yo

6 여자와 데이트 한 적이 있어요?
yo*.ja.wa/de.i.teu/han/jo*.gi/i.sso*.yo

中譯

1 以前我曾經做過手術。
2 我曾經見過總統一次。
3 我沒跳過社交舞。
4 這十年間的連假，我都沒有好好休息過。
5 那件事我從沒有忘記過。
6 你曾經和女生約會過嗎？

單字

예전	【名】ye.jo*n　以前
수술을 받다	【詞組】su.su.reul/bat.da　接受手術
대통령	【名】de*.tong.nyo*ng　總統
뵈다	【動】bwe.da　看 / 見面
사교 댄스	【名】sa.gyo/de*n.seu　社交舞
추다	【動】chu.da　跳(舞)
연휴	【名】yo*n.hyu　連休
제대로	【副】je.de*.ro　順利 / 適當
데이트하다	【動】de.i.teu.ha.da　約會

−(으)ㄹ게요 我來…／我會…

語法說明

❶ 接在動詞後方，表示說話者表明自己的意思或意願，同時也向聽話者做出承諾。
❷ 相當於中文的「我來…／我會…」。
❸ 此句型只能用於第一人稱。
❹ 當動詞語幹以母音或ㄹ結束時，就接ㄹ게요；當動詞語幹以子音結束時，就接을게요。

應用句

1 아가씨는 제가 지킬게요.
a.ga.ssi.neun/je.ga/ji.kil.ge.yo

2 미안해요. 내일 꼭 일찍 올게요.
mi.an.he*.yo//ne*.il/gok/il.jjik/ol.ge.yo

3 십 분후에 다시 전화할게요.
sip/bun.hu.e/da.si/jo*n.hwa.hal.ge.yo

4 초밥 먹으러 갈래요? 내가 살게요.
cho.bap/mo*.geu.ro*/gal.le*.yo//ne*.ga/sal.ge.yo

5 집을 찾으면 바로 이사할게요.

ji.beul/cha.jeu.myo*n/ba.ro/i.sa.hal.ge.yo

6 너무 피곤해서 내가 먼저 잘게요.

no*.mu/pi.gon.he*.so*/ne*.ga/mo*n.jo*/jal.ge.yo

中譯

1 小姐我來守護。
2 對不起，明天我一定早點來。
3 十分鐘後我再撥電話過去。
4 要不要去吃壽司？我請客。
5 找到房子的話，我馬上搬家。
6 太累了，我先睡了。

單字

아가씨	【名】	a.ga.ssi	小姐
지키다	【動】	ji.ki.da	守護／遵守
꼭	【副】	gok	一定
다시	【副】	da.si	再次／又
초밥	【名】	cho.bap	壽司
집을 찾다	【詞組】	ji.beul/chat.da	找房子
바로	【副】	ba.ro	馬上／立即
이사하다	【動】	i.sa.ha.da	搬家
피곤하다	【形】	pi.gon.ha.da	疲累／疲憊
먼저	【副】	mo*n.jo*	先

－보다 …比…

語法説明

❶ 可接在名詞、助詞、語尾後方，表示比較的對象。
❷ 相當於中文的「比…」。
❸ 如果要表示「N1比N2還…」時，可以使用「N1이/가 N2 보다 形容詞」的句型，其中N1為主語，N2為比較的對象。

應用句

1 비행기는 배보다 빠릅니다.
bi.he*ng.gi.neun/be*.bo.da/ba.reum.ni.da

2 한국이 대만보다 건조합니다.
han.gu.gi/de*.man.bo.da/go*n.jo.ham.ni.da

3 이것이 한약보다 더 씁니다.
i.go*.si/ha.nyak.bo.da/do*/sseum.ni.da

4 이 소설책이 사전보다 두꺼워요.
i/so.so*l.che*.gi/sa.jo*n.bo.da/du.go*.wo.yo

5 도시는 시골보다 인구가 많습니다.
do.si.neun/si.gol.bo.da/in.gu.ga/man.sseum.ni.da

6 이 운동화보다 더 싼 것이 없습니까?
i/un.dong.hwa.bo.da/do*/ssan/go*.si/o*p.sseum.ni.ga

中譯

1 飛機比船快。
2 韓國比台灣乾燥。
3 這個比中藥還苦。
4 這本小說比字典還厚。
5 都市比鄉下人口還多。
6 有比這雙運動鞋更便宜的嗎？

單字

비행기	【名】	bi.he*ng.gi	飛機
배	【名】	be*	船
건조하다	【形】	go*n.jo.ha.da	乾燥
한약	【名】	ha.nyak	中藥
쓰다	【形】	sseu.da	味苦
두껍다	【形】	du.go*p.da	厚
도시	【名】	do.si	都市
인구가 많다	【詞組】	in.gu.ga/man.ta	人口多

제 11 과

여기서 가장 가까운 지하철 역에 어떻게 가나요?

yo*.gi.so*/ga.jang/ga.ga.un/ji.ha.cho*.ryo*.ge/o*.do*.ke/ga.na.yo

응용회화1

A：뭐 좀 부탁 드려도 돼요?

mwo/jom/bu.tak/deu.ryo*.do/dwe*.yo

B：그래요. 말해요.

geu.re*.yo//mal.he*.yo

응용회화2

A：작품에 손대면 안 됩니다.

jak.pu.me/son.de*.myo*n/an/dwem.ni.da

B：아, 죄송합니다.

a//jwe.song.ham.ni.da

응용회화3

A：수영할 줄 압니까?

su.yo*ng.hal/jjul/am.ni.ga

B：수영할 줄 모릅니다.

su.yo*ng.hal/jjul/mo.reum.ni.da

응용회화4

A：삼각김밥을 만들 줄 아세요?

sam.gak.gim.ba.beul/man.deul/jjul/a.se.yo

B：아니요, 전통 김밥만 만들 줄 알아요.

a.ni.yo//jo*n.tong/gim.bam.man/man.deul/jjul/a.ra.yo

응용회화5

A：일본에서는 걸으면서 음식을 먹으면 안 돼요.

il.bo.ne.so*.neun/go*.reu.myo*n.so*/eum.si.geul/mo*.geu.myo*n/an/dwe*.yo

B：그래요? 일본에 가면 주의할게요.

geu.re*.yo//il.bo.ne/ga.myo*n/ju.ui.hal.ge.yo

응용회화6

A：밖에 날씨가 어떤가요?

ba.ge/nal.ssi.ga/o*.do*n.ga.yo

B：천둥치고 있습니다.

cho*n.dung.chi.go/it.sseum.ni.da

응용회화7

A：지금 몇 시인가요?

ji.geum/myo*t/si.in.ga.yo

B：지금 저녁 여덟 시예요.

ji.geum/jo*.nyo*k/yo*.do*l/si.ye.yo

응용회화8

A：너무 더워요. 창문 좀 열어도 돼요?

no*.mu/do*.wo.yo/chang.mun/jom/yo*.ro*.do/dwe*.yo

B：네, 그러세요.

ne//geu.ro*.se.yo

응용회화9

A：질문 하나 있는데 물어봐도 될까요?

jil.mun/ha.na/in.neun.de/mu.ro*.bwa.do/dwel.ga.yo

B：네, 물어보세요.

ne//mu.ro*.bo.se.yo

응용회화10

A：실례합니다만 옆자리에 앉아도 됩니까?

sil.lye.ham.ni.da.man/yo*p.jja.ri.e/an.ja.do/dwem.ni.ga

B：아, 미안해요. 여기 사람 있어요.

a//mi.an.he*.yo//yo*.gi/sa.ram/i.sso*.yo

응용회화11

A：배고파 죽겠어요. 먼저 먹을게요.

be*.go.pa/juk.ge.sso*.yo//mo*n.jo*/mo*.geul.ge.yo

B：지금 먹으면 안 돼요. 고기가 아직 안 익었어요.

ji.geum/mo*.geu.myo*n/an/dwe*.yo//go.gi.ga/a.jik/an/i.go*.sso*.yo

응용회화12

A : 여기서 국제전화를 할 수 있나요?

yo*.gi.so*/guk.jje.jo*n.hwa.reul/hal/ssu/in.na.yo

B : 네, 어디로 전화하시려고요?

ne//o*.di.ro/jo*n.hwa.ha.si.ryo*.go.yo

응용회화13

A : 현금인가요, 카드인가요?

hyo*n.geu.min.ga.yo//ka.deu.in.ga.yo

B : 현금으로 지불하겠습니다.

hyo*n.geu.meu.ro/ji.bul.ha.get.sseum.ni.da

응용회화14

A : 여보세요. 거기 은행인가요?

yo*.bo.se.yo//go*.gi/eun.he*ng.in.ga.yo

B : 여기는 은행이 아닙니다. 전화 잘못 거셨습니다.

yo*.gi.neun/eun.he*ng.i/a.nim.ni.da//jo*n.hwa/jal.mot/go*.syo*t.sseum.ni.da

응용회화15

A : 기차표를 어디서 사야 하나요?

gi.cha.pyo.reul/o*.di.so*/sa.ya/ha.na.yo

B : 저쪽에 기차표 판매기가 있습니다. 가 보세요.

jo*.jjo.ge/gi.cha.pyo/pan.me*.gi.ga/it.sseum.ni.da//ga/bo.se.yo

第 11 課

離這裡最近的地鐵站要怎麼去？

應用會話一

A：可以請你幫個忙嗎？

B：好，你説。

應用會話二

A：不可觸摸作品。

B：啊！對不起。

應用會話三

A：你會游泳嗎？

B：我不會游泳。

單字	
가장	【副】ga.jang　最／第一
역	【名】yo*k　車站
부탁드리다	【動】bu.tak.deu.ri.da　拜託／請託
그렇다	【形】geu.ro*.ta　那樣
말하다	【動】mal.ha.da　說
작품	【名】jak.pum　作品
손대다	【動】son.de*.da　著手／動手
수영하다	【動】su.yo*ng.ha.da　游泳
알다	【動】al.da　知道／懂／認識
모르다	【動】mo.reu.da　不知道／不懂／不認識

應用會話四

A：你會做三角飯糰嗎？

B：不，我只會做傳統飯捲。

應用會話五

A：在日本不可以邊走邊吃東西。

B：是嗎？我去日本會注意。

應用會話六

A：外面天氣怎麼樣？

B：正在打雷。

應用會話七

A：現在幾點？

B：現在晚上八點。

單字			
삼각김밥	【名】	sam.gak.gim.bap	三角飯糰
전통	【名】	jo*n.tong	傳統
김밥	【名】	gim.bap	飯捲
걷다	【動】	go*t.da	走路／行走
주의하다	【動】	ju.ui.ha.da	注意／留神
밖	【名】	bak	外面
어떻다	【形】	o*.do*.ta	如何
천둥치다	【動】	cho*n.dung.chi.da	打雷
여덟 시	【詞組】	yo*.do*l/si	八點

應用會話八

A：太熱了，可以開窗戶嗎？
B：好的，請開。

應用會話九

A：我有個問題，可以問問嗎？
B：好的，請問。

應用會話十

A：不好意思，我可以坐在旁邊的位子嗎？
B：啊！對不起。這裡有人了。

應用會話十一

A：肚子餓死了，我先開動了。
B：現在還不可以吃。肉還沒熟。

單字	
너무	【副】no*.mu　過分／太
창문을 열다	【詞組】chang.mu.neul/yo*l.da　打窗戶
질문	【名】jil.mun　提問／詢問
물어보다	【動】mu.ro*.bo.da　問看看
실례하다	【動】sil.lye.ha.da　失禮／冒犯
옆	【名】yo*p　旁邊／側
자리	【名】ja.ri　位置／位子
고기	【名】go.gi　肉
익다	【動】ik.da　煮熟／成熟

應用會話十二

A：這裡可以打國際電話嗎？

B：可以，您要打電話到哪裡？

應用會話十三

A：您要付現金還是刷卡呢？

B：我要用現金付款。

應用會話十四

A：喂，那裡是銀行嗎？

B：這裡不是銀行，您打錯電話了。

應用會話十五

A：火車票要在哪裡買呢？

B：那邊有售票機。請到那裡看看吧。

單字			
국제전화	【名】	guk.jje.jo*n.hwa	國際電話
현금	【名】	hyo*n.geum	現金
신용카드	【名】	si.nyong.ka.deu	信用卡
지불하다	【動】	ji.bul.ha.da	支付／付款
여보세요	【慣】	yo*.bo.se.yo	喂(講電話時)
전화를 걸다	【詞組】	jo*n.hwa.reul/go*l.da	打電話
기차표	【名】	gi.cha.pyo	火車票
저쪽	【名】	jo*.jjok	那邊／那頭
판매기	【名】	pan.me*.gi	販賣機

－아/어도 되다 可以…

語法說明

1 接在動詞、形容詞或이다語幹後方，表示允許或許可。
2 相當於中文的「可以…」。
3 當語幹的母音是「ㅏ. ㅗ」時，就接아도 되다；如果語幹的母音不是「ㅏ. ㅗ」時，就接어도 되다；如果是하다類的詞彙，就接여도 되다。
4 也可以使用「좋다」或「괜찮다」來取代되다。
5 「V＋지 않아도 되다」則表示並非一定要去做某一行為。

應用句

1 아이가 자는데 지금 불을 켜도 돼요?
a.i.ga/ja.neun.de/ji.geum/bu.reul/kyo*.do/dwe*.yo

2 수업 중에 음식을 먹어도 돼요.
su.o*p/jung.e/eum.si.geul/mo*.go*.do/dwe*.yo

3 이걸 나한테 줘도 괜찮아요?
i.go*l/na.han.te/jwo.do/gwe*n.cha.na.yo

4 여기를 좀 구경해도 돼요?
yo*.gi.reul/jjom/gu.gyo*ng.he*.do/dwe*.yo

5 저를 그렇게 걱정하지 않아도 돼요.

jo*.reul/geu.ro*.ke/go*k.jjo*ng.ha.ji/a.na.do/dwe*.yo

6 이젠 안심해도 좋아요.

i.jen/an.sim.he*.do/jo.a.yo

中譯

1 孩子在睡覺，現在可以開燈嗎？

2 上課中可以吃東西。

3 這個可以給我嗎？

4 我可以看看這裡嗎？

5 您可以不用那麼擔心我。

6 現在你可以放心了。

單字

불을 켜다	【詞組】	bu.reul/kyo*.da	點火／開燈
수업 중	【詞組】	su.o*p/jung	上課中
괜찮다	【形】	gwe*n.chan.ta	可以／沒關係／不錯
구경하다	【動】	gu.gyo*ng.ha.da	觀看／參觀
그렇게	【副】	geu.ro*.ke	那麼／那樣
걱정하다	【動】	go*k.jjo*ng.ha.da	擔心／操心
안심하다	【形】	an.sim.ha.da	安心／寬心

－(으)면 안 되다 不能…／禁止…

語法説明

❶ 由表假定條件的「(으)면」、表否定意義的「안」，以及有「許諾」意涵的「되다」結合而成，表示「禁止某一行為」。
❷ 相當於中文的「不能…／禁止…」。
❸ 當語幹以母音或ㄹ結束時，就接**면 안 되다**；當語幹以子音結束時，就接**으면 안 되다**。

應用句

1 나 담배 좀 피우면 안 돼요?
na/dam.be*/jom/pi.u.myo*n/an/dwe*.yo

2 절에서 떠들면 안 됩니다.
jo*.re.so*/do*.deul.myo*n/an/dwem.ni.da

3 다른 사람에게 얘기하면 안 돼요.
da.reun/sa.ra.me.ge/ye*.gi.ha.myo*n/an/dwe*.yo

4 길에서 함부로 쓰레기를 버리면 안 됩니다.
gi.re.so*/ham.bu.ro/sseu.re.gi.reul/bo*.ri.myo*n/an/dwem.ni.da

5 기숙사에서 고양이를 키우면 안 돼요.
gi.suk.ssa.e.so*/go.yang.i.reul/ki.u.myo*n/an/dwe*.yo

6 학생들을 그렇게 가르치면 안 돼요.
hak.sse*ng.deu.reul/geu.ro*.ke/ga.reu.chi.myo*n/an/dwe*.yo

中譯

1 我不能抽菸嗎？
2 不可在寺廟喧嘩。
3 不可以和其他人說。
4 不可在路上隨意亂丟垃圾。
5 不可以在宿舍養貓。
6 不可以那樣教導學生。

單字

담배를 피우다	【詞組】dam.be*.reul/pi.u.da　抽菸
절	【名】jo*l　寺廟
떠들다	【動】do*.deul.da　吵鬧／喧嘩
얘기하다	【動】ye*.gi.ha.da　講／提及
함부로	【副】ham.bu.ro　隨意／隨便
쓰레기를 버리다	【詞組】sseu.re.gi.reul/bo*.ri.da　丟棄垃圾
기숙사	【名】gi.suk.ssa　宿舍
키우다	【動】ki.u.da　養育／飼養

－(으)면서 一邊…一邊…

語法說明

1 接在動詞後方，表示句子前後的兩個動作同時發生。
2 相當於中文的「一邊(做)…一邊(做)…」。
3 當動詞語幹以母音或ㄹ結束時，就接**면서**；當動詞語幹以子音結束時，就用**으면서**。
4 (으)**면서**前方不加았/었, 겠等的時制語尾。

應用句

1 술을 마시면서 춤을 춰요.
su.reul/ma.si.myo*n.so*/chu.meul/chwo.yo

2 비가 내리면서 바람이 붑니다.
bi.ga/ne*.ri.myo*n.so*/ba.ra.mi/bum.ni.da

3 걸으면서 음악을 들어요.
go*.reu.myo*n.so*/eu.ma.geul/deu.ro*.yo

4 동생은 자면서 코를 골았습니다.
dong.se*ng.eun/ja.myo*n.so*/ko.reul/go.rat.sseum.ni.da

5 형은 운전하면서 라디오를 들어요.
hyo*ng.eun/un.jo*n.ha.myo*n.so*/ra.di.o.reul/deu.ro*.yo

6 누나는 요리책을 보면서 케이크를 만들고 있어요.
nu.na.neun/yo.ri.che*.geul/bo.myo*n.so*/ke.i.keu.reul/man.deul.go/i.sso*.yo

中譯

1 一邊喝酒一邊跳舞。
2 一面下雨一面刮風。
3 邊走邊聽音樂。
4 弟弟一邊睡覺一邊打呼。
5 哥哥一邊開車一邊聽廣播。
6 姊姊一邊看食譜一邊做蛋糕。

單字

춤을 추다	【詞組】	chu.meul/chu.da	跳舞
바람이 불다	【詞組】	ba.ra.mi/bul.da	刮風
걷다	【動】	go*t.da	走路
음악을 듣다	【詞組】	eu.ma.geul/deut.da	聽音樂
코를 골다	【詞組】	ko.reul/gol.da	打呼
라디오를 듣다	【詞組】	ra.di.o.reul/deut.da	聽廣播
요리책	【名】	yo.ri.che*k	食譜／料理書
만들다	【動】	man.deul.da	製作

-(으)ㄹ 줄 알다 會…／能夠…

語法說明

❶ 接在動詞語幹後方，表示知道做某事的方法或有其能力。
❷ 相當於中文的「會…／能夠…」。
❸ 當動詞語幹以母音或ㄹ結束時，就接ㄹ 줄 알다；當動詞語幹以子音結束時，就接을 줄 알다。
❹「-(으)ㄹ 줄 모르다」則表示不知道做某事的方法或沒有其能力。

應用句

1 당구를 칠 줄 압니다.
dang.gu.reul/chil/jul/am.ni.da

2 김치를 담글 줄 몰라요.
gim.chi.reul/dam.geul/jjul/mol.la.yo

3 나는 스페인어를 할 줄 몰라요.
na.neun/seu.pe.i.no*.reul/hal/jjul/mol.la.yo

4 커피머신이 있는데 쓸 줄을 몰라요.
ko*.pi.mo*.si.ni/in.neun.de/sseul/jju.reul/mol.la.yo

5 소화기를 사용할 줄 아세요?

so.hwa.gi.reul/ssa.yong.hal/jjul/a.se.yo

6 악기를 연주할 줄 압니까?

ak.gi.reul/yo*n.ju.hal/jjul/am.ni.ga

中譯

1 我會打撞球。

2 我不會醃製泡菜。

3 我不會說西班牙話。

4 我有咖啡機，但是不會使用。

5 你會使用滅火器嗎？

6 您會演奏樂器嗎？

單字

당구를 치다	【詞組】	dang.gu.reul/chi.da	打撞球
김치를 담그다	【詞組】	gim.chi.reul/dam.geu.da	醃製泡菜
스페인어	【名】	seu.pe.i.no*	西班牙語
커피머신	【名】	ko*.pi.mo*.sin	咖啡機
쓰다	【動】	sseu.da	使用
소화기	【名】	so.hwa.gi	滅火器
사용하다	【動】	sa.yong.ha.da	使用
악기를 연주하다	【詞組】	ak.gi.reul/yo*n.ju.ha.da	演奏樂器

－기 위해(서) 為了…

❶ 接在動詞語幹後方，表示行動的目的或意圖，서可被省略。
❷ 相當於中文的「為了…」。
❸ 若接在名詞後方，則使用「－을/를 위해(서)」。
❹ 若接在形容詞後方，則要使用「아/어/여지기 위해서」的句型。
例如：똑똑하다(聰明)→똑똑해지기 위해서(為了變聰明)
예쁘다(漂亮)→예뻐지기 위해서(為了變漂亮)

應用句

1 영국에 유학 가기 위해서 영어를 공부하고 있어요.
yo*ng.gu.ge/yu.hak.ga.gi/wi.he*.so*/yo*ng.o*.reul/gong.bu.ha.go/i.sso*.yo

2 테니스를 치기 위해 테니스 라켓을 샀어요.
te.ni.seu.reul/chi.gi/wi.he*/te.ni.seu/ra.ke.seul/ssa.sso*.yo

3 좋은 점수를 받기 위해 더 노력해야 해요.
jo.eun/jo*m.su.reul/bat.gi/wi.he*/do*/no.ryo*.ke*.ya/he*.yo

4 날씬해지기 위해 다이어트를 하기로 했어요.
nal.ssin.he*.ji.gi/wi.he*/da.i.o*.teu.reul/ha.gi.ro/he*.sso*.yo

5 우리의 우정을 위해서 건배합시다.
u.ri.ui/u.jo*ng.eul/wi.he*.so*/go*n.be*.hap.ssi.da

6 건강을 위해서 매일 조깅을 하고 있어요.
go*n.gang.eul/wi.he*.so*/me*.il/jo.ging.eul/ha.go/i.sso*.yo

中譯

1 為了去英國留學，現在在學英語。
2 為了打網球，買了網球拍。
3 為了得到好分數，必須更努力。
4 為了變苗條，決定要減肥。
5 為了我們的友情乾杯吧！
6 為了健康，我每天慢跑。

單字

영국	【名】yo*ng.guk 英國
유학을 가다	【詞組】yu.ha.geul/ga.da 去留學
테니스를 치다	【詞組】te.ni.seu.reul/chi.da 打網球
테니스 라켓	【名】te.ni.seu/ra.ket 網球拍
점수	【名】jo*m.su 分數
노력하다	【動】no.ryo*.ka.da 努力
날씬하다	【形】nal.ssin.ha.da 苗條
우정	【名】u.jo*ng 友情
건배하다	【動】go*n.be*.ha.da 乾杯
조깅하다	【動】jo.ging.ha.da 慢跑

－자마자 一…就…

語法説明

❶ 接在動詞語幹後方，表示前面的動作或事件一結束，馬上出現後面的動作或事件。
❷ 相當於中文的「一…就…」。
❸ 자마자前後兩個子句的主語不一定要相同。

應用句

1 엄마가 집에서 나가자마자 아기가 울었어요.
o*m.ma.ga/ji.be.so*/na.ga.ja.ma.ja/a.gi.ga/u.ro*.sso*.yo

2 집에 도착하자마자 비가 오기 시작했습니다.
ji.be/do.cha.ka.ja.ma.ja/bi.ga/o.gi/si.ja.ke*t.sseum.ni.da

3 그녀는 결혼하자마자 임신했어요.
geu.nyo*.neun/gyo*l.hon.ha.ja.ma.ja/im.sin.he*.sso*.yo

4 식사가 끝나자마자 소파에서 잠들었어요.
sik.ssa.ga/geun.na.ja.ma.ja/so.pa.e.so*/jam.deu.ro*.sso*.yo

5 그는 대학교를 졸업하자마자 군대에 갔어요.

geu.neun/de*.hak.gyo.reul/jjo.ro*.pa.ja.ma.ja/gun.de*.e/ga.sso*.yo

6 그 아이는 태어나자마자 죽었습니다.

geu/a.i.neun/te*.o*.na.ja.ma.ja/ju.go*t.sseum.ni.da

中譯

1 媽媽一出門孩子就哭了。

2 一到家就開始下雨了。

3 她一結婚就懷孕了。

4 一吃完飯就在沙發上睡著了。

5 他大學一畢業就去當兵了。

6 那個孩子一出生就死亡了。

單字

아기	【名】	a.gi	小孩
울다	【動】	ul.da	哭
시작하다	【動】	si.ja.ka.da	開始
임신하다	【動】	im.sin.ha.da	懷孕
잠들다	【動】	jam.deul.da	入睡／睡著
학교를 졸업하다	【詞組】	hak.gyo.reul/jjo.ro*.pa.da	從學校畢業
군대에 가다	【詞組】	gun.de*.e/ga.da	參兵／當兵
태어나다	【動】	te*.o*.na.da	出生
죽다	【動】	juk.da	死亡

206

-나요? / -(으)ㄴ가요? …嗎？／…呢？

語法説明

1 表示用較禮貌、委婉的方式向他人提出疑問。
2 相當於中文的「…嗎？／…呢？」。
3 接在動詞語幹後方時，使用나요?。
4 接在以母音結束的形容詞語幹後方時，使用ㄴ가요?；接在以子音結束的形容詞語幹後方時，은가요?。

應用句

1 어떤 종류의 양주가 있나요?
o*.do*n/jong.nyu.ui/yang.ju.ga/in.na.yo

2 대구의 지역번호는 뭔가요?
de*.gu.ui/ji.yo*k.bo*n.ho.neun/mwon.ga.yo

3 싼 옷은 어디서 살 수 있나요?
ssan/o.seun/o*.di.so*/sal/ssu/in.na.yo

4 참가자가 많은가요?
cham.ga.ja.ga/ma.neun.ga.yo

5 다음 주 일요일이 며칠인가요?

da.eum/ju/i.ryo.i.ri/myo*.chi.rin.ga.yo

6 물 속에 콘택트렌즈를 끼고 들어가도 괜찮은가요?

mul/so.ge/kon.te*k.teu.ren.jeu.reul/gi.go/deu.ro*.ga.do/gwe*n.cha.neun.ga.yo

中譯

1 有哪些種類的洋酒？
2 大邱的區域號碼是多少？
3 便宜的衣服在哪裡買呢？
4 參加者多嗎？
5 下星期日是幾號？
6 戴隱形眼鏡進入水裡也沒關係嗎？

單字

종류	【名】	jong.nyu　種類
양주	【名】	yang.ju　洋酒
대구	【地】	de*.gu　大邱
지역번호	【名】	ji.yo*k.bo*n.ho　地區號碼
참가자	【名】	cham.ga.ja　參加者
며칠	【名】	myo*.chil　幾天／幾日
물 속	【詞組】	mul/sok　水中
콘택트렌즈를 끼다	【詞組】	kon.te*k.teu.ren.jeu.reul/gi.da　戴隱形眼鏡
들어가다	【動】	deu.ro*.ga.da　進去／進入

國家圖書館出版品預行編目資料

史上最讚的韓語速成班 / 雅典韓研所企編. -- 初版.
-- 新北市 : 雅典文化, 民102.07
面 ; 公分. -- (韓語學習 ; 1)
ISBN 978-986-6282-87-4(平裝附光碟片)
1.韓語 2.讀本
803.28 102009311

韓語學習系列 01

史上最讚的韓語速成班

編著／雅典韓研所
責任編輯／呂欣穎
美術編輯／林于婷
封面設計／劉逸芹

法律顧問：方圓法律事務所／涂成樞律師

總經銷：永續圖書有限公司
永續圖書線上購物網
www.foreverbooks.com.tw

CVS代理／美璟文化有限公司
TEL：（02）2723-9968
FAX：（02）2723-9668

出版日／2013年07月

雅典文化

出版社
22103 新北市汐止區大同路三段194號9樓之1
TEL （02）8647-3663
FAX （02）8647-3660

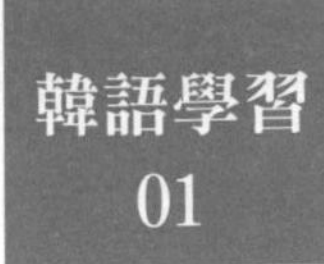

韓語學習 01

史上最讚的韓語速成班

雅致風靡　典藏文化

親愛的顧客您好，感謝您購買這本書。即日起，填寫讀者回函卡寄回至本公司，我們每月將抽出一百名回函讀者，寄出精美禮物並享有生日當月購書優惠！想知道更多更即時的消息，歡迎加入“永續圖書粉絲團”您也可以選擇傳真、掃描或用本公司準備的免郵回函寄回，謝謝。

傳真電話：（02）8647-3660　　電子信箱：yungjiuh@ms45.hinet.net

姓名：	性別：　□男　□女
出生日期：　年　月　日	電話：
學歷：	職業：
E-mail：	
地址：□□□	
從何處購買此書：	購買金額：　元
購買本書動機：□封面 □書名 □排版 □內容 □作者 □偶然衝動	
你對本書的意見： 內容：□滿意□尚可□待改進 封面：□滿意□尚可□待改進	編輯：□滿意□尚可□待改進 定價：□滿意□尚可□待改進
其他建議：	

剪下後傳真、掃描或寄回至「22103新北市汐止區大同路3段194號9樓之1雅典文化收」

您可以使用以下方式將回函寄回。

您的回覆，是我們進步的最大動力，謝謝。

① 使用本公司準備的免郵回函寄回。

② 傳真電話：（02）8647-3660

③ 掃描圖檔寄到電子信箱：

yungjiuh@ms45.hinet.net

沿此線對折後寄回，謝謝 。

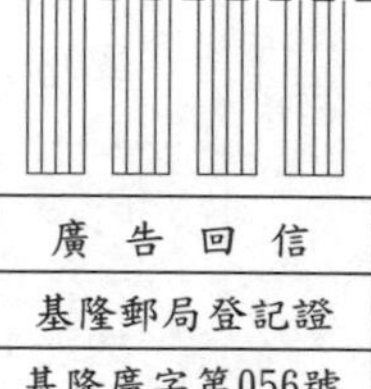

221-03

雅典文化事業有限公司　收

新北市汐止區大同路三段194號9樓之1

雅致風靡　典藏文化

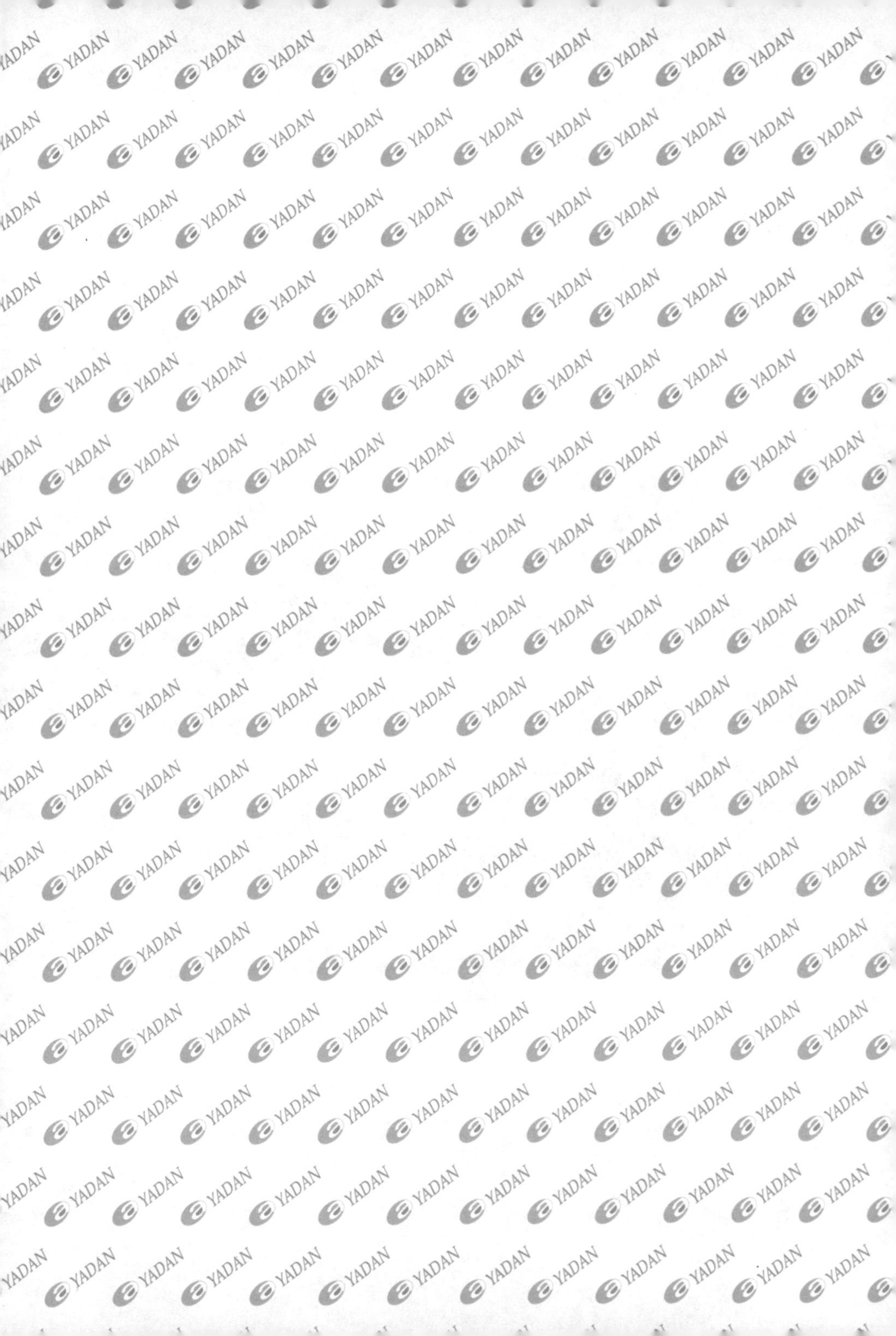